Anastasius Grün

Robin Hood, ein Balladenkranz nach altenglischen Volksliedern

von Anastasius Grün

Anastasius Grün

Robin Hood, ein Balladenkranz nach altenglischen Volksliedern von Anastasius Grün

ISBN/EAN: 9783743300859

Hergestellt in Europa, USA, Kanada, Australien, Japan

Cover: Foto ©Andreas Hilbeck / pixello.de

Anastasius Grün

Robin Hood, ein Balladenkranz nach altenglischen Volksliedern

von Anastasius Grün

Robin Hood.

Ein Balladenkranz

nach altenglischen Volksliedern

von

Anastasius Grün.

———

Stuttgart.

Verlag der J. G. Cottaschen Buchhandlung.

1864.

Frau Therese Robinson
(Talvj)

in Verehrung zugeeignet.

Inhalt.

Wenn wir die Reihen jener echten Volkshelden mustern, deren Andenken sich in Lied und Sage, in Festen und Gebräuchen der verschiedensten Völker lebendig zu erhalten wußte, so werden wir kaum Einen finden, dessen Volksthümlichkeit und Beliebtheit an Höhe und Dauer jene überträfe, deren sich der Name Robin Hood bei dem Volke Englands noch bis zum heutigen Tage erfreut. Wir erfahren aber auch gleichzeitig aus dem Munde der Ueberlieferung, daß der Träger dieses Namens eine Art Räuber und Wildschütze, ein geächteter und außerhalb des allgemeinen Gesetzes stehender Mann (outlaw), ein aus der Gesellschaft Ausgestoßener und mit dem Makel des Freibeuterthums Gebrandmarkter gewesen. Der erste befremdende Eindruck dieser Thatsache kann jedoch unsere Ueberzeugung nicht erschüttern, daß der gesunde Kern und Keim einer solchen, sechs Jahrhunderte überdauernden Volksgunst, denn doch nur in edleren sittlicheren Motiven zu suchen sei. Und so dürfen wir die richtige Erklärung derselben keinesfalls blos in dem negativen Standpunkte, den jener Volksheros gegenüber den Gesetzen seines Landes einnahm und welchen er auch mit dem gemeinen Verbrecher theilt, sondern vielmehr in positiveren Verhältnissen, in wirklichen

Verdiensten um sein Volk zu finden hoffen. Wir werden nicht irre gehen, wenn wir mit gerechtfertigter Wißbegierde noch weiter nach der Lebensstellung und den Schicksalen des Helden forschen, um in diesen den Schlüssel zur Lösung des Räthsels zu gewinnen.

J. Ritson,[1] dessen ausführliche im J. 1795 erschienene Biographie Robin Hoods mehr von dem bienenartigen Sammlerfleiße des Verfassers, der sich keine, auf seinen Helden irgend bezügliche Notiz entgehen ließ, als von kritischer Sichtung und Bewältigung des Materiales zeugt, gelangt im Wesentlichen zu folgenden Resultaten: „Robin Hood war geboren in Locksley in der Grafschaft Nottingham unter der Regierung König Heinrichs II. und um das J. 1160 n. Ch. G. Er war von edler Abkunft und hieß eigentlich Robert Fitzood, ein Name, welcher im Volksmunde sich leicht in Robin Hood verwandelte. Nach ziemlich allgemeiner Annahme soll er ein Earl of Huntington gewesen sein. Ein ungezügeltes Jugendleben soll sein Erbe verzehrt, ihm manche Geldbuße und Schulden halber die Acht zugezogen haben, so daß er nicht minder aus Noth, denn aus eigener Wahl eine Zufluchtstätte in jenen Büschen und Wäldern suchte, mit denen zu jener Zeit unabsehbare Strecken Englands, besonders in den nördlichen Gegenden bedeckt waren. Unter diesen Forsten liebte er ganz besonders Barnsdale in Yorkshire, Sherwood in Nottinghamshire und nach Einigen auch Plumptonpark in Cumberland.

---

[1] Siehe die Note 4 Seite 45.

Hier fand er bereits oder versammelte er später um sich eine Anzahl von Leuten ähnlichen Schlages und Geschickes, welche ihm als Haupt und Führer willige Folge leisteten. Seine vorzüglichsten Lieblinge in dieser Schaar oder doch Jene, in die er ob ihres Muthes und ihrer Treue das meiste Vertrauen setzte, waren: Little John mit dem Zunamen Nailor (Nagelschmied); William Scablock (auch Scathelock oder Scarlet); George a Green, der Hürdenaufseher von Wakefield; Much, eines Müllers Sohn, und ein Mönch oder Klosterbruder, Namens Tuck. Auch soll ihm seine Geliebte, ein junges Frauenzimmer Namens Marion, in seine Zufluchtstätte gefolgt sein. Die Schaar wuchs mit der Zeit auf beiläufig hundert Schützen und übertraf im Schießen mit dem Langbogen alle andern Schützen im Lande. In dieser Gesellschaft herrschte Robin Hood eine Reihe von Jahren in den Wäldern wie ein unabhängiger Fürst, in fast ununterbrochenem Kriege mit dem König von England und dessen Unterthanen mit einziger Ausnahme der Armen und Hülflosen, der Verfolgten und Unterdrückten oder sonst seines Schutzes Bedürftigen./ Wenn er an dem einen Orte von überlegenen Kräften bedroht ward, flüchtete er zu einem andern, immer Trotz bietend der Macht dessen, was „Gesetz und Regierung" hieß. Hieraus folgere man aber nicht, daß er ein Aufrührer oder Hochverräther gewesen; ein Geächteter (outlaw) jener Tage war eben so beraubt jedes oberherrlichen Schutzes, als er gegen Niemanden durch den Eid der Treue gebunden war: „seine Hand war gegen Jedermann und Jedermanns Hand gegen ihn!" Die

königlichen Forſte lieferten unſerm Helden und ſeinen Gefährten durchs ganze Jahr Ueberfluß an Wild und Feue-
rung; den Reſt ihrer Lebensbedürfniſſe deckte theils der
Handel mit benachbarten Ortſchaften, theils der ihr Gebiet
betretende wohlhabende Reiſende. Daß der Held und ſeine
Genoſſen mitunter auch zum Raube ihre Zuflucht nahmen,
läßt ſich weder läugnen noch bemänteln. Fordun im
14. Jahrhundert nennt jenen: „ille famosissimus siccarius“ und Major bezeichnet ihn und Klein John als „fa-
matissimi latrones“ wenngleich letztgenannter Geſchicht-
ſchreiber beifügt, daß Robin Hood bei ſolchen Gewaltthaten
nur die Habe der Reichen ſich angeeignet, nie, außer im
ehrlichen Kampfe, einen Menſchen getödtet, nie die Miß-
handlung eines Weibes geduldet und nie einem Armen
etwas entzogen, im Gegentheil dieſe wohlthätig aus der
Beute bewirthet habe, die er reichen Prälaten abgenommen.
Den Abt von St. Marys in York ſcheint er durch beſon-
dere Feindſchaft ausgezeichnet zu haben; ebenſo den Sheriff
von Nottingham, der wohl durch allzu pflichteifrige Ver-
folgung der Geächteten ſich ſeinen Haß zugezogen haben
mochte. Nachdem Robin Hood ſo durch viele Jahre eine
Art unabhängiger Selbſtherrſchaft geführt, und Königen,
Richtern und Gerichtsperſonen Trotz geboten hatte, wurde
ein Aufruf veröffentlicht, welcher auf ſeine Habhaftwerdung
und Einbringung, ſei's todt oder lebend, eine namhafte
Belohnung ausſetzte; dieſes Ausſchreiben ſcheint aber keinen
beſſeren Erfolg gehabt zu haben, als die früheren Verſuche
ähnlicher Art. Endlich als die Gebrechen des Alters auch

auf ihm zu lasten begannen und er von einem Krankheits-
anfalle durch einen Aderlaß Erleichterung hoffte, wandte
er sich zu diesem Behufe an seine Verwandte, die Priorin
von Kirkleys in Yorkshire, da Frauen, insbesondere Nonnen jener Zeit mit chirurgischen Verrichtungen vertrauter
waren, als heutzutage. Diese ließ ihn verrätherischerweise
zu Tode verbluten. Solches geschah am 18. November
1247 im 87. Jahre seines Alters und im 31. Jahre der
Regierung König Heinrichs III. Er wurde in geringer Ent-
fernung vom Klostergebäude unter einer Baumgruppe begraben, ein Stein auf das Grab gesetzt und mit einer
Inschrift zu seinem Gedächtniß versehen. Nach Robin
Hoods Tode zerstreute sich seine Schaar."

Aus diesen Hauptmomenten des von Ritson entworfenen
lebensgeschichtlichen Bildes leuchten allerdings einzelne Züge
hervor, welche vorübergehend die Theilnahme des Volkes
für den Helden nähren konnten; aber sie bieten uns bei
weitem nicht die genügende Erklärung, die wir erwarten.
Wir können uns nicht verhehlen, daß es den Volkssympa-
thien für jenen offenbar hätte Eintrag thun müssen, wenn
er, wie dort geschildert ist, nur durch eigene Schuld in die
Lage eines vom allgemeinen Rechtsschutze Ausgeschlossenen
gerathen wäre; ja, indem wir in dem Bilde hie und da
Streiflichter von Ideen, Spuren von Kämpfen zu erblicken
glauben, welche die Menschheit seit Jahrhunderten bewegen,
sehen wir diese Ideen nur mit Unlust durch einen Träger
vertreten, der denn doch nur als ein nobler Verbrecher,
günstigsten Falls als ein begabterer Taugenichts anzusehen

wäre. Unbefriedigt verfolgen wir die spärlichen Fußstapfen
des Helden, so weit sie auf geschichtlichem Boden erkennbar
sind, bis in die Dämmerungen einer fernen und quellenarmen
Vergangenheit, um nach genügenderen Ergebnissen zu forschen.
An der Hand und mit der Leuchte neuerer Geschichtschrei-
bung und Kritik gelangen wir auf diesem Wege in die
Tage der Eroberung und Beherrschung Englands durch die
Normannen.

Wilhelm der Bastard, Herzog der Normandie, war mit
einem zahlreichen normannischen Heere in England gelandet,
um die durch den Tod Edwards des Bekenners erledigte
angelsächsische Königskrone gegen seinen Mitbewerber Harald,
Herzog von Wessex, der bereits den Titel eines Königs
der Angelsachsen angenommen hatte, mit dem Schwerte zu
erringen. Der 14. Oktober des Jahres 1066 war der
ewig denkwürdige Tag, an dem sich Englands Schicksal
durch die bei Senlac, in der Nähe von Hastings geschla-
gene Schlacht entschied, in welcher Harald Leben und Thron
an seinen glücklicheren Mitbewerber verlor. Die Krönung
Wilhelms zum Könige von England war das Resultat der
Begebenheit, die wir mit dem Ausdrucke: „Eroberung
Englands durch die Normannen" zu bezeichnen gewohnt
sind. Die drückenden und nachtheiligen Folgen, welche
jede Regierung eines ausländischen Fürsten mit sich führt,
wenn er zu gleicher Zeit eine bedeutende Anzahl seiner
Landsleute in sein neues Reich mitbringt, mußte durch die
gewaltigen Heermassen von Normannen, die natürlicher-
weise den „Eroberer" begleiteten, für das angelsächsische

Volk um so drückender werden. „Die Schlacht bei Hastings" sagt ein neuerer Geschichtschreiber, [1] „und die darauf folgenden Ereignisse setzten nicht nur einen Herzog der Normandie auf den englischen Thron, sondern sie gaben auch die ganze Bevölkerung Englands der Tyrannei der normannischen Race preis. Die Unterjochung eines Volksstammes durch einen andern war selten, selbst in Asien nicht, von einer größeren Vollständigkeit. Das Land wurde zerstückt und unter die Führer der Eindringlinge vertheilt. Strenge militärische Einrichtungen im engsten Zusammenhang mit den Eigenthumsgesetzen boten den fremden Eroberern die geeignete Handhabe zur Unterdrückung der Landeskinder. Ein grausames Strafgesetzbuch, mit Grausamkeit durchgeführt, beschützte die Vorrechte, ja selbst die Vergnügungen der fremden Unterdrücker. Aber der überwundene Volksstamm, wenngleich niedergeworfen und unter die Füße getreten, ließ jene noch immer seinen Stachel fühlen." — Mögen auch die schwereren Versündigungen gegen die Rechte der Eingebornen mehr den Nachfolgern Wilhelms in der Regierung, als diesem selbst zur Last fallen, so bleibt es doch unbestritten, daß Wilhelm alles Land, das seinen Vorgängern auf dem angelsächsischen Throne angehört hatte, sowie auch die Besitzungen jener Angelsachsen, die gegen ihn gekämpft hatten, wieder für sich genommen; daß er alle von Harald gemachten Verleihungen widerrufen und mit

1 Th. B. Macaulay, The history of England from the accession of James II. Chap. I.

auf diese Art in seinen Besitz gebrachten Gütern sein Heer belohnt habe. König Wilhelm stellte die gesetzliche Norm auf: daß jeder Eigenthumstitel, der älter als seine Eroberung, und jede Güterübertragung, welche jünger als diese, ohne seine förmliche Zustimmung und Gutheißung null und nichtig seien. Schon unter seiner Regierung wurden Klagen darüber laut, daß die normännisch-französische Sprache mit Gewalt in den Gerichtshöfen und namentlich in der königlichen Kurie eingeführt worden sei, was für die Angelsachsen um so drückender gewesen, als sie ohnehin gegen die Anmaßungen der normännischen Barone in den gewöhnlichen Volksgerichten nicht zu ihrem Rechte gelangen konnten und daher an die königliche Kurie sich wenden mußten. Die durch den Uebermuth der Normannen hervorgerufenen Empörungen der angelsächsischen Großen hatten für diese den Verlust ihrer Lehen wegen Felonie zur Folge und so wurden alle hohen Aemter im Reiche, namentlich die Grafenwürde und die Stellen in der königlichen Kurie nur von Normannen besetzt, während die angelsächsischen Thane immer mehr daraus entschwanden. [1] Unter Wilhelm I. wurde das Lehenwesen in England auf Grundlage der militärischen Rangfolge organisirt und dadurch jener Zusammenhang und jene Disciplin, welchen die Glieder des Eroberungsheeres auf dessen Kriegsfahrten unterworfen waren, auch

[1] Siehe G. Phillips, Englische Reichs- und Rechtsgeschichte seit der Ankunft der Normannen im J. 1066 n. Ch. G. Berlin 1827. §. X.

auf dem neugewonnenen Boden bewahrt und verstärkt. Die unermeßliche Ausbeute jener allgemeinen Güterconfiscationen diente als Sold für die Abenteurer aus allen Ländern, welche sich unter die normännischen Fahnen eingereiht hatten und denen neue Glücksritter in massenhaften Zügen über den Kanal nachfolgten. „Ihre Namen niedrig und dunkel auf jener Seite der Meerenge wurden edel und ruhmreich auf dieser," sagt Augustin Thierry,[1] dem wir großentheils in der nachstehenden Darstellung folgen. Authentische Quellen bezeichnen einen Hugo den Schneider, Wilhelm den Kärrner u. dgl. als normännische Ritter in England. Die Mandeville und Dandeville, die Omfreville und Domfreville, die Mohun und Bohun u. s. w., die Bastard, Brassard, Baynard, die Lucy, Lacy, Percy u. s. f. und wie all die Eroberernamen auf den noch vorhandenen gereimten Listen heißen mögen, das waren die Männer, welche ihre Abelstitel für sich und ihre Nachkommen mit gewaffneter Hand nach England verpflanzten; die Diener, Stallmeister und Speerträger der normännischen Krieger wurden urplötzlich zu Edelleuten neben den reichsten und edelsten angelsächsischen Geschlechtern. „Diese Fremdlinge," erzählt ein alter Chronist, „schützen sich gegenseitig, sie bilden einen engen Bund, dessen Glieder sich fest an einander schließen, wie am Drachenkörper Schuppe mit Schuppe sich verbindet." Während die normännischen Barone und Ritter ausgedehnten Grundbesitz

---

1 Augustin Thierry, Histoire de la conquête de l'Angleterre par les Normands. Livre IV.

mit Schlössern, Ortschaften, selbst ganzen Städten als Beute-
theil erhielten, wurden die Vasallen untergeordneten Ranges
mit mäßigeren Antheilen bedacht, einige mit baarem Geld,
andere durch Zwangsheirathen mit den begüterten Wittwen
der gebliebenen Gegner abgefertigt. Die Mehrzahl der Bis-
thümer und Abteien mußte, wie die Güter der Reichen, die
Freiheit der Armen und die Schönheit der Frauen, dazu
dienen die Kosten der Eroberung zu bezahlen. Ein Schwarm
geistlicher Abenteurer aus Frankreich ergoß sich über die
Prälaturen, Archidiakonate und Dechanteien Englands. Die
meisten trugen in ihrer neuen Stellung die schamloseste
Sittenlosigkeit zur Schau; einer von ihnen wurde von einem
Weibe getödtet, welchem er Gewalt anthun wollte; andere
machten sich berüchtigt durch ihre Völlerei und durch Aus-
schweifungen aller Art; Bischöfe plünderten Klöster und
Kirchen und schmolzen deren Gold- und Silbergeräthe für
sich ein. — Die Eingebornen wurden entwaffnet und ge-
zwungen, dem neuen Oberhaupte, welches ihnen durch
Waffengewalt aufgenöthigt war, Treue und Gehorsam zu
schwören. Sie leisteten zwar den Eid, aber im Grunde
des Herzens glaubten sie nimmer, daß der Fremdling Englands rechtmäßiger König sei; ihre zahlreichen, sich immer
wieder erneuernden Aufstände und Kämpfe gegen diesen
sprechen es nur zu deutlich aus. Den weltlichen Waffen
gesellten sich geistliche; angelsächsische Bischöfe schleuderten
den Bannfluch der Kirche gegen die Unterdrücker, aber er
prallte wirkungslos an dem Könige ab, denn „Wilhelm
hatte seine (normännischen) Priester, um die angelsächsischen

Priester zu entwaffnen, wie er Normannenschwerter hatte, um die Sachsenschwerter zu brechen." Nach der allmählichen Niederwerfung der organisirten Theile der angelsächsischen Kriegsmacht gab es nur noch einige zerstreute Trümmer des Heeres und der überwältigten Besatzungen, Soldaten ohne Führer und Führer ohne Gefolge. Der Krieg gegen diese nahm den Charakter persönlicher Verfolgungen an. Die hervorragenderen wurden feierlich gerichtet und verurtheilt, die übrigen der Willkür der fremden Krieger überlassen, welche sie entweder niedermetzelten oder als Leibeigene auf ihre Ländereien versetzten. Abtheilungen normännischen Kriegsvolks durchzogen den Nordosten in allen Richtungen, um das Land zu verwüsten und unbewohnbar zu machen, sowohl für die Dänen, deren Landungen man befürchtete, als auch für die Angelsachsen, die man im Verdacht hatte, diese zu begünstigen. So wurde die angelsächsische Bevölkerung nothwendigerweise in das Innere des Landes zurückgedrängt. Eine Anzahl Eingeborner, deren Mittel es gestatteten und denen es glückte, die Häfen von Wales oder Schottland zu erreichen, wanderte ins Ausland. Dänemark, Norwegen, überhaupt die Länder germanischer Zunge, aber mitunter auch der minder stammverwandte Süden wurde das Ziel dieser Auswanderer. Von dem günstigen Loose angezogen, dessen sich die skandinavische Kaisergarde in Konstantinopel, die Waräger, damals erfreute, suchte eine Anzahl junger Leute dort ihr weiteres Fortkommen. Von jenen angelsächsischen Männern jedoch, welche weder auswandern konnten noch wollten, flüchteten viele mit ihren

Familien, und wenn sie reich und mächtig waren, mit Dienern und Gefolge in die Wälder. Die großen Heerstraßen, auf welchen die normännischen Reisezüge sich bewegten, wurden von ihren bewaffneten Banden unsicher gemacht; sie holten sich mit List die Entschädigung für ihr verlorenes Erbe oder sie rächten in Blut die Niedermetzelung ihrer Stammgenossen. Während die mit der Eroberung befreundeten Geschichtschreiber diese Flüchtlinge nur als Räuber und Auswürflinge bezeichnen, welche frei- und böswillig gegen die rechtmäßige gesellschaftliche Ordnung in Waffen standen, glaubte die eingeborene Bevölkerung jene Männer ganz in dem guten Rechte, die Güter zurückzunehmen, die man ihnen gewaltsam entrissen hatte; und wenn sie zu Räubern wurden, so war es nach der Volksmeinung eben nur, um sich wieder in den Besitz des ihnen geraubten Eigenthums zu setzen. Die Ordnung, gegen welche sie sich empörten, das Gesetz, welches sie verletzten, entbehrte in den Augen des Volkes jeder rechtmäßigen Weihe und das englische Wort Outlaw verlor von nun an im Munde der Unterjochten seine alte ungünstige Bedeutung; im Gegentheile, die alten englischen Erzählungen, Legenden und Volksballaden verbreiteten einen eigenthümlichen dichterischen Reiz und Glanz um die Person des Verbannten und dessen unstätes, aber freies Waldleben. Der Norden Englands, welcher am kräftigsten den Eindringlingen widerstanden hatte, wurde vorzugsweise das Land solcher bewaffneter Wanderschaaren, dieses letzten Protestes der Ueberwundenen. Die weiten Wälder der Provinz York wurden der Aufenthalt

einer zahlreichen Bande unter der Anführung Sweyns,
des Sohnes von Sigg. Im Innern des Landes und selbst
in der Umgebung Londons rotteten sich Haufen solcher
Männer zusammen, die von Sklaverei nichts wissen wollten,
die Wildniß zu ihrer Wohnstätte erkiesend. Ihr Zusammentreffen mit den Eroberern war immer blutig. Neckereien,
Ueberfälle und Kämpfe, Rachethaten an Wehrlosen waren
an der Tagesordnung. Schrecken herrschte im Lande. Jede
angelsächsische Wohnung war befestigt, von Waffen und
Bewaffneten voll, verschlossen und verbollwerkt wie eine
belagerte Stadt; nur bis an die Zähne bewaffnet wagte
man sich aus seinem Hause. Einer jener Zufluchtsorte und
Sammelplätze, das mitten in den Sümpfen der Provinz
Cambridge, auf der sogenannten Insel Ely errichtete, mit
Erdwällen und Verhauen geschützte „Lager der Zuflucht"
(camp du refuge — castra refugii) erhielt seine größere
historische Berühmtheit und Weihe als „Bollwerk der angelsächsischen Unabhängigkeit" durch den Namen Hereward,
der als Vertheidiger der angelsächsischen Volksrechte und
Rächer der Unbill aus ihm hervorging und dessen Helden-
thaten und Märtyrertod (1072) lange in den Liedern des
Volkes lebten. Die normannischen Könige, Nachfolger des
Bastards, bewohnten und beherrschten längst in voller Sicherheit die Provinzen des Südens, während sie nur im Geleite eines kriegstüchtigen Heeres wagen durften, die nörd-
lich des Humberflusses gelegenen Landstriche zu betreten.
Im Norden erhielt sich am längsten der Geist des Wider-
standes gegen die durch die Eroberung eingeführte Ordnung

der Dinge; hier ergänzten sich durch mehr als zwei Jahr=
hunderte die Mannschaften der Outlaws, dieser politischen
Nachfolger der Flüchtlinge des Lagers von Ely und der
Gefährten Herewards. Von der Geschichte verkannt oder
mißverstanden, werden sie von dieser entweder mit Still=
schweigen übergangen oder nach der üblichen Amtssprache
jener Zeit mit Benennungen gebrandmarkt, welche ihnen
alle Theilnahme entfremden könnten, nämlich mit den Namen
von Aufrührern, Dieben und Banditen. Aber diese Titel
sind dieselben, mit welchen in jedem unter Fremdherrschaft
schmachtenden Lande die kleine Zahl tapferer und unab=
hängiger Männer bezeichnet wird, welche es vorzogen, in
die Berge und Wälder zu flüchten, als den Aufenthalt in
den Städten mit Jenen zu theilen, welche das Sklavenjoch
zu ertragen vermochten. Das Volk, das ihnen zu folgen
nicht den Muth hatte, liebte sie dennoch und begleitete sie
mit seinen Wünschen. Während Verordnungen in fran=
zösischer Sprache die Stadt= und Landbewohner Englands
aufriefen, die geächteten Männer des Waldes wie Wölfe
zu hetzen und von Bezirk zu Bezirk zu verfolgen, pries das
Volkslied in angelsächsischer Sprache den Ruhm dieser Feinde
der Fremdengewalt, „deren Schatzkammer die Börse des
Grafen, deren Heerde das Damwild des Königs" sei.

Zur Vervollständigung des vor uns aufgerollten Geschichts=
bildes sei ein Blick auf die normännischen Jagdgesetze gewor=
fen. Wilhelm I. ließ eine zwischen Salisbury und der See=
küste gelegene Landstrecke mit Bäumen besetzen und in Wald
umwandeln und nannte sie New forest (novum forestum).

Diese Strecke Landes umfaßte vor ihrer Umgestaltung in
Wald mehr als sechzig Kirchspiele, welche der Eroberer auf-
löste und deren Bewohner er vertrieb. Es ist zweifelhaft,
ob der Beweggrund hiezu politischer Natur gewesen, oder
ob er nur in des Königs und seiner Söhne maßloser Vorliebe für die Jagd zu suchen sei. Dieser ungezähmten Lei-
benschaft schreibt man auch die sonderbaren und grausamen
Verordnungen zu, die er über das Waffentragen in den
englischen Forsten erließ; aber man darf mit Recht annehmen, daß diese Verfügungen einen tieferen Grund hatten
und gegen die Angelsachsen gerichtet waren, welche unter
dem Vorwand der Jagd sich ein Stelldichein in Waffen
geben konnten. Die Strafen, die Wilhelm auf die Tödtung
eines Hirsches oder andern Wildes gesetzt hatte (Verlust der
Augen, Entmannung u. s. w.) waren so strenge, daß eine
Chronik ihm nachsagt, „er habe das Wild so sehr geliebt,
als ob er der Vater wilder Bestien sei." Diese Jagdgesetze
mit besonderer Härte gegen die Angelsachsen in Geltung
gebracht, steigerten deren Elend, denn Vielen aus ihnen
war die Jagd das einzige Mittel zur Fristung des Lebens.
Die königlichen Jagdreviere Wilhelms umfaßten alle großen
Waldungen Englands, er selbst besaß achtundsechzig Forste, [1]
welche für die Eroberer furchtbar werden konnten, da sie
der Zufluchtsort ihrer letzten Gegner blieben. Jene Gesetze,
welche durch ihre Besorgtheit um das Leben der Hasen den
Spott der Sachsen weckten, waren doch eine mächtige

---

[1] Phillips a. a. O. II. §. 31.

Schutzwache für das Leben der Normänner, und um die
Durchführung derselben zu sichern, wurde die Jagd in den
königlichen Forsten zu einem Vorrechte, dessen Verleihung sich
der König ausschließlich vorbehielt. Hochgestellte Personen
normännischen Stammes, empfindlicher für die ihnen auf-
erlegte Beschränkung, als für die Interessen der Eroberung,
murrten gegen die Ausschließlichkeit des Gesetzes. Aber so
lange der nationale Geist sich unter den Besiegten lebendig
erhielt, konnte dieser Wunsch normännischer Großen den
festen Willen ihrer Könige nicht erschüttern. Von dem Gefühle der politischen Nothwendigkeit geleitet, bewahrten die
Söhne Wilhelms eben so ausschließlich wie er selbst das
Vorrecht der Jagd und erst später, im 13. Jahrhundert,
als die Nothwendigkeit dieses Privilegiums nicht mehr vor-
handen war, ließen sich ihre Nachfolger nicht ohne Bedauern
dazu bewegen, auf dasselbe zu Gunsten der Parkbesitzer
normännischer Race theilweise zu verzichten. An diese und
deren Jagdaufseher ging nun die Befugniß über, den auf
Hasen und Damwild lauernden Angelsachsen ungestraft zu
tödten, bis endlich der arme Abkömmling dieses Stammes
dem reichen Sprossen des andern furchtbar zu sein aufge-
hört und seine Jagdfrevel mit gelinderen Strafen zu büßen
hatte.

„Wenn der Leser nun" — wir lassen unsern Gewährs-
mann A. Thierry [1] sprechen — „all diese Thatsachen zu-
sammenfaßt, mag er sich eine richtige Vorstellung dessen

---

[1] Thierry a. a. O. livre VI.

bilden, was England zur Zeit seiner Eroberung durch Wil=
helm von der Normandie gewesen ist; doch darf er sich nicht
etwa einen einfachen Regierungswechsel oder den Sieg eines
Thronwerbers vorstellen, sondern das Einbringen eines
ganzen Volkes in den Schooß eines andern Volkes, wel=
ches durch das erstere zersprengt worden und dessen zer=
streute Trümmer in die neue gesellschaftliche Ordnung nur
Aufnahme gefunden als persönliches Zugehör, oder um den
Ausdruck der alten Schriftstücke zu gebrauchen, als „Kleid
der Erbe" (Terrae vestitus, Terrae vestita. Id est agri
cum domibus, hominibus et pecoribus). Man darf nicht
auf der einen Seite Wilhelm als König und Despoten sich
vergegenwärtigen und auf der andern Seite vornehmere
oder niedrigere, reichere oder ärmere Unterthanen, sämmt=
lich Bewohner Englands und somit sämmtlich Engländer
ihm gegenüberstellen; man muß sich eher zwei ganz ver=
schiedene Völkerschaften vor Augen halten, nämlich Eng=
länder durch Abstammung und Herkunft und Engländer
durch feindlichen Einfall, beide in ein und dasselbe Land
sich theilend und doch auf demselben Boden streng geson=
dert. Oder man vergegenwärtige sich vielmehr zweierlei
Länder unter ganz verschiedenen Verhältnissen; das Land
der Normänner reich und abgabenfrei, das Land der Sachsen
arm, dienstbar und mit Grundzinsen bedrückt; das erstere
voll geräumiger Paläste und gemauerter mit Schießscharten
versehener Burgen, das andere besäet mit Strohhütten und
ärmlichen verfallenden Wohnstätten; jenes bevölkert von
Glücklichen und Müßigen, von Rittern und Edlen, dieses

bewohnt von Männern des Mühsals und der Arbeit, von
Ackersleuten und Handwerkern; in dem einen die Ueppigkeit
und der Uebermuth, in dem andern das Elend und die
Mißgunst; doch nicht die Mißgunst des Armen beim Anblick
fremden Reichthums, sondern die des Beraubten dem Räuber
gegenüber. Endlich, um das Bild vollständig zu machen,
sind beide Länder gewissermaßen eines von dem andern
durchschlungen, sie berühren sich an allen Punkten und
sind doch schärfer getrennt, als wenn das Meer zwischen
ihnen wogte. Jedes hat seine ihm eigenthümliche, dem andern gänzlich fremde Sprache; das Französische ist die des
Hofes, der Schlösser, der reichen Abteien, kurz aller Orte,
wo die Macht und die Pracht herrschen, während das alte
Landesidiom am Heerde des Armen und Leibeigenen sich
heimisch erhielt. Noch lange pflanzten sich beide Sprachen
unvermengt fort und blieben, die eine das Kennzeichen des
Adels, die andere das des gemeinen Mannes." [1] Zur Ergänzung des Vorstehenden sei noch erwähnt, daß der fünfte
normännische König Englands Heinrich II., nachdem ein
volles Jahrhundert seit der Eroberung verflossen war, noch
nicht so viel Englisch wußte, um die Worte „Gode olde
kynge," womit ihn ein Eingeborner in der Grafschaft
Pembroke begrüßte, ohne Dolmetsch zu verstehen. Auch

---

[1] ..... The folk of Normandie
Among us woneth yet and shalleth evermore.
Of Normans beth these high men that beth in this land
And the low men of Saxons ....

Robert of Gloucester's Chronicle.

von seinem Sohne und Nachfolger Richard, — zu dessen
Geschichte uns die Spuren des historischen Robin Hood nun
leiten, — ist es nachgewiesen, daß er nicht im Stande war,
ein Gespräch in englischer Mundart zu führen; dagegen
sprach und schrieb er correct die beiden romanischen Sprachen Frankreichs, die langue d'oui und die langue d'oc,
und dichtete sogar in der letzteren.

Nachdem Richard I. Löwenherz aus der Gefangenschaft,
in die er auf seiner Rückreise aus Palästina gerathen, nach
England heimgekehrt und gegen die Usurpation seines Bru-
ders Johann in sein königliches Recht wieder eingesetzt war,
blieb ihm nur noch der Widerstand der Besatzung von
Nottingham zu brechen. Er eilte in Person dahin und
siegte auch dort durch seine Thatkraft. „Nach diesem Siege,"
— wir nehmen wieder Thierry's Darstellung [1] in dessen
eigenen Worten auf — „unternahm König Richard zu
seiner Erholung eine Lustreise in den größten der Forste
Englands, welcher sich auf einem Raume von mehreren
hundert Meilen von Nottingham bis in den Mittelpunkt
der Grafschaft York erstreckte; die Sachsen nannten ihn Sire-
Wode, ein Name, welcher sich im Laufe der Zeit in Sherwood verwandelte. „Noch nie in seinem Leben," so erzählt
ein Zeitgenosse, „hatte er diese Wälder gesehen und sie ge-
fielen ihm ungemein." [2] Nach einer langen Gefangenschaft

---

1 Thierry a. a. O. liv. XI.

2 „Anno 1194 vicesima nona die Martii Richardus rex
angliae prefectus est videre Clipstone et forestas de Sirewode,
quas ipse nunquam viderat antea; et placuerunt ei multum

ist man besonders empfänglich für die Reize landschaft=
licher Schönheit und zudem mochte sich dieser natürlichen
Anziehungskraft auch eine andere, für den abenteuern=
den Geist Richards noch bestechendere beigesellt haben.
Sherwood war damals ein für die Normänner gefährlicher
Wald, der Aufenthaltsort der letzten Trümmer jener be=
waffneten angelsächsischen Schaaren, welche, die Eroberung
nicht anerkennend, nach freiem Willen außerhalb des Fremd=
lingsgesetzes lebten. Ueberall verjagt, verfolgt, gehetzt wie
wilde Thiere, konnten sie nur hier sich in größerer Anzahl
behaupten, begünstigt durch die örtliche Lage und unter
einer Art militärischer Organisation, welche ihnen einen
achtungswertheren Charakter verlieh als jenen gemeiner
Strauchdiebe und Straßenräuber."

„Zu der Zeit als der Heros der anglo=normännischen
Barone den Forst von Sherwood besuchte, lebte in dem=
selben ein Mann, welcher der Held der Leibeigenen, der
armen und kleinen Leute, mit einem Worte der Held des
angelsächsischen Volkes war. „Unter den ihres Erbes Be=
raubten" berichtet ein alter Chronist, „machte sich damals
der berühmte Räuber Robert Hode bemerklich, welchen das
gemeine Volk mit so großer Vorliebe in Festen und Schau=
spielen feiert und dessen Geschichte, von den Minstrels ge=
sungen, es jeder andern vorzieht." [1] Auf diese wenigen

et eodem die reddidit ad Nottingham." Rog. de Hoveden,
Annales.

[1] „Hoc in tempore de exhaeredatis surrexit ille famo=
sissimus siccarius Robertus Hode cum ejus complicibus,

Worte beschränken sich unsere historischen Daten über das Dasein jenes letzten Angelsachsen, der dem Vorbilde Herewards so eifrig nachstrebte, und um nur einige Züge seines Lebens und Charakters aufzufinden, muß man nothwendigerweise zu den alten Romanzen und Volksballaden seine Zuflucht nehmen. Kann man auch den darin geschilderten seltsamen und oft sich widersprechenden Thaten und Ereignissen nicht unbedingt Glauben beimessen, so bleiben sie doch ein unanfechtbares Zeugniß der warmen Liebe des englischen Volkes für den Bandenhäuptling, welchen jene Poesieen verherrlichen, und für dessen Genossen, die statt für ihre Herren das Ackerland zu bebauen, lieber, wie das alte Lied singt, „froh und frei durch die Wälder streiften."

„Es steht außer Zweifel, daß Robert oder im Volksmunde Robin Hood von angelsächsischer Abstammung gewesen. Sein französischer Vorname ist kein Gegenbeweis, denn schon im zweiten Menschenalter nach der Eroberung kamen durch den Einfluß des normännischen Klerus die alten Taufnamen allmählich außer Gebrauch und wurden durch die in der Normandie üblichen Heiligennamen ersetzt. Der Name Hood ist sächsisch und die ältesten und daher beachtenswerthesten Balladen reihen seine Vorfahren unter die Yeomanry, d. i. die Klasse der freien Landleute

de quibus stolidum vulgus hianter in comoediis festum faciunt et super caeteras romancias mimos et bardanos cantitare delectantur." — Forduni Scotor. histor. ed Hearne p. 774.

ein. [1] Später als das Andenken an die durch die Eroberung bewirkte Umwälzung sich abschwächte, verfielen die Dorf= poeten darauf, ihren Liebling mit dem Aufputz der Größe und des Reichthums auszustaffiren; sie machten aus ihm einen Grafen oder doch mindestens den Enkel eines Gra= fen. [2] ... Diese Annahme jedoch entbehrt jeder historischen Grundlage."

„Sei es nun wahr oder falsch, daß Robin Hood „im Walde zwischen blühenden Lilien," wie die Ballade singt, geboren ward, das ist dagegen sicher, daß er im Walde sein Leben zubrachte an der Spitze mehrerer Hunderte von Bogenschützen, gefürchtet von Baronen, Bischöfen und Aebten, aber geliebt vom Landmann und Arbeiter, von Wittwen und armen Leuten." ... „Sie waren alle (nämlich Robin Hood und dessen bereits erwähnte Genossen) von fröhlicher Laune, nicht begierig sich zu bereichern, sondern nur be= müht, mit ihrer Beute das Leben zu fristen und ihren Ueberfluß theilend mit den Familien derer, welche in der großen Plünderung durch die Eroberer um ihren Besitz

[1]   I shall you tell of a good yeman
       His name was Robyn Hode.
                    A Lytell geste of R. H. sytte I.
ober:

       Robin Hood was the yemans name
       That was boyt corteys and fre.
                    Robin Hode and the Potter.
   [2] Vergl. in der vorliegenden Sammlung die Ballade: „Robin Hoods Geburt."

gekommen waren." … „Ihre Hiebe fielen nur auf die Agenten der königlichen Polizei und auf die hohen Regierungsbeamten in den Städten und Provinzen, welche von den Normännern Vicomtes, von den Engländern Sheriffs genannt wurden. Der Sheriff von Nottingham war insbesondere derjenige, mit dem Robert Hood am häufigsten zu kämpfen hatte, der diesen am lebhaftesten mit Fußvolk und Reitern verfolgte, auf seinen Kopf einen Preis setzte und seine Freunde und Gefährten — wiewohl immer ohne Erfolg — zum Verrath an ihrem Meister zu verführen suchte." … „Die staunenswerthen Abenteuer dieses Bandenhäuptlings des 12. Jahrhunderts, seine Siege über die Männer normännischen Stammes, seine Kriegslisten und Rettungen aus Gefahren waren lange Zeit der einzige Stoff vaterländischer Geschichte, welchen ein Mann aus dem Volke Englands seinen Söhnen überlieferte, wie er selbst ihn von seinen Vorfahren überkommen hatte." …

„Zwischen den Flüchtlingen des Lagers von Ely und den Männern von Sherwood, zwischen Hereward und Robin Hood hatte es eine Reihe von Häuptlingen der geächteten Parteigänger, namentlich im nördlichen England gegeben, welche gleichfalls zwar eines gewissen Rufes nicht entbehrten, von denen man aber viel zu wenig Sicheres weiß, um sie als historische Personen gelten zu lassen. Die Namen einiger, wie Adam Bel, Clym of the Clough und William Cloudeslen haben sich lange im Andenken des Volkes erhalten. Eine längere, wahrscheinlich aus dem 15. Jahrhundert herrührende

Ballade [1] besingt die Abenteuer dieser drei Männer, welche von einander ebenso wenig getrennt werden können, als Robin Hood und Klein John. Sie veranschaulicht dem heutigen Leser noch deutlicher den Begriff, welchen sich das englische Volk über den sittlichen Charakter solcher Männer, die lieber Räuber als Sklaven sein wollten, gebildet hatte."

„Wenn Robin Hood der letzte Häuptling jener angel= sächsischen Geächteten (outlaws) bleibt, welcher sich einer wahrhaft volksthümlichen Berühmtheit zu erfreuen hatte, so berechtigt uns dieß doch nicht zu der Annahme, daß nicht auch andere Männer desselben Volksstammes nach ihm die= selbe Lebensweise geführt haben, beseelt von dem Geiste politischer Gegnerschaft gegen eine Regierung von Leuten fremder Abkunft und Sprache. Der volksthümliche Wider= stand sollte unter der Form des Freibeuterthums noch län= ger fortdauern und die Begriffe: „freier Mann" und: „Geg= ner des Gesetzes" noch lange unzertrennlich von einander bleiben. Aber auch dieser Zustand mußte sein Ende er= reichen, je mehr man sich von der Zeit der Eroberung ent= fernte. In dem Maße als der angelsächsische Volksstamm sich später durch Gewohnheit in Verhältnisse einlebte, welche er früher in Verzweiflung ertragen hatte, verlor jenes Frei= beuterthum allmählich seine patriotische Weihe und sank zu seiner natürlichen Bedeutung zurück, nämlich zu jener eines entehrenden Handwerks. Von diesem Augenblicke an war

---

[1] In des Bischofs Th. Percy's „Reliques of ancient eng= lish poetry" und anderen späteren Sammlungen abgedruckt.

ein solches in den englischen Wäldern zwar nicht minder
gefahrvoll und erheischte nicht weniger Muth und persön=
liche Gewandtheit, aber es erzeugte keine Helden mehr. Es
blieb in den untern Volksschichten nur eine große Hin=
neigung zur Verletzung der Jagdgesetze und eine ausge=
sprochene Sympathie für Jene zurück, die, sei es aus Noth,
sei es aus Uebermuth, diese Verordnungen der Eroberer
mißachteten. Das Treiben abenteuernder Wilddiebe und
das Waldleben überhaupt wird mit Liebe in einer Menge
neuerer Lieder gefeiert; sie alle preisen die Unabhängigkeit,
deren man sich im „grünenden Walde" erfreut, wo man
keinen andern Feind hat, „als den Winter und das Un=
wetter," wo man „fröhlich ist, so lange der Tag währt
und leichten Sinnes wie das Blatt auf dem Baume." [1]

Noch einmal flammte der alte Racenhaß der beiden
Stämme zur verheerenden Kriegsfackel empor, welche, von
einem Fremdling zwar geschwungen, nach dem vorüber=
gehenden Siege der Volkssache bei Lewes (1264) später in
den Blutströmen des Schlachtfeldes von Evesham (1265)
mit dessen Leben erlosch. Der Name Simon von Montfort
(Leicester) aber lebt als der eines ruhmreichen Führers
angelsächsischer Schaaren, eines Kämpfers und Blutzeugen
für die in der Magna charta (1213) errungenen gemein=
samen Rechte und Freiheiten noch im Andenken und Liebe
des Volkes fort. [2] Bei Montforts Unternehmen war der

---

1 Thierry a. a. O. liv. XI.
2 Als Ausdruck wahrhafter Volkstrauer kann die auch

Volkssache bereits ein Theil des unabhängigen normännischen Adels beigetreten. So langer Zeit hatte es beburft, um, nach den Worten eines neueren englischen Kritikers,[1] „die tiefe moralische Kluft, welche die Eroberung zwischen zwei einander durchaus fremde Volksstämme gerissen hatte, so weit auszufüllen, daß es für beide Theile möglich ward, von einem und demselben öffentlichen Geiste beseelt, ein gemeinsames politisches Ziel zu verfolgen und daß die Nachfolger und Abkömmlinge der militärischen Kolonisten, welche Wilhelm I. nur als gelagert im Lande der Angelsachsen zurückgelassen hatte, sich daselbst als angesiedelt betrachten konnten."

Endlich sey noch des großen Bauernaufstandes unter Wat-Tyler (1381) Erwähnung gethan, als des Schlußaktes in der Reihe der angelsächsischen Volksaufstände und als des Eingangsaktes zu einer ganz andern Gattung politischer Bewegungen. Die tiefe Ueberzeugung von der Ungerechtigkeit und Verwerflichkeit der Leibeigenschaft und Hörigkeit, welche die vereinigende Losung der Verschwörung von 1381 gewesen war und den angelsächsischen Dienstpflichtigen zur Empörung getrieben hatte, gewann auch bei dem

---

dichterisch schwungvolle Todtenklage „The lament of Simon de Montfort" gelten, deren normännisch-französischer Urtext am correctesten in Thom. Wright's Political songs of England 1839 abgedruckt ist. Englische Uebersetzungen davon lieferten W. Scott und G. Ellis.

[1] Siehe den Aufsatz über Robert Hoods Leben und Charakter im London and Westminster Review. No. LXV. März 1840.

normännischen Herrn allmählich die Oberhand. Zahlreiche Freibriefe, deren Mehrzahl dem 14. und 15. Jahrhundert angehört, geben noch heute Zeugniß, wie Englands Adel freiwillig das Band der Dienstbarkeit des Landmanns löste und somit das verhaßteste Erbstück aus der Eroberungszeit von sich warf. Und als es allmählich auch der Volkssprache in ihrer letzten Mischung gelang, sich wieder zu den Gerichtshöfen und endlich in das Parlament Bahn zu brechen, war auch ihr vollständiger und dauerhafter Sieg ausgesprochen und besiegelt.

Die auf den frühern Blättern mehrfach erwähnten Angaben Thierry's finden in den Arbeiten neuerer Forscher über die Lebens- und Zeitverhältnisse Robin Hoods (z. B. Gutch's, [1] Spencer Halls, [2] Allies' [3] und des obgenannten Reviewers) ihre Bestätigung und theilweise Ergänzung. Nur weichen diese von Thierry in dem Zeitpunkte ab, welchen sie dem Auftreten Robin Hoods in der Geschichte anweisen; denn während Thierry (wie auch Ritson) ihn zum Zeitgenossen Richards I. macht, verlegen die andern sein Erscheinen in eine etwas spätere Zeit, nämlich in die Tage Heinrichs III. (1216—1272) und Edwards I. (1272—1307), ja sie lassen ihn mit aller Wahrscheinlichkeit die Schlachten bei Lewes und bei Evesham unter Simon von Montfort mitfechten und erst nach der Niederlage der Volkssache in

---

1 Siehe die Note 5 S. 45.
2 The forester's Offering. London 1841.
3 On the jovial Hunter of Bromsgrove, Horne the hunter, and Robin Hood, by Jabez Allies, Esq. London, 1845.

die Wälder fliehen. Sie stützen ihre Angaben erstens auf eine eingehendere Prüfung der bezüglichen Stellen des Chronisten Forbun; dann auf den unter dem Titel: „A lytell geste" bekannten Balladencyclus, eines jener Mitteldinge von freier Dichtung und Reimchronik, wie solche als fast alleinige Geschichtsquellen für das Volk damals im Gange waren. Die Chronik des Weltpriesters Forbun, welcher in der zweiten Hälfte des 14. Jahrhunderts lebte, daher den Ereignissen, um die es sich handelt, näher stand, verdient schon um dieses Umstands willen mehr Glauben als die späteren für die Zeitgenossenschaft Robin Hoods mit Heinrich II. und Richard I. zeugenden Chronisten. Aehnlich verhält es sich mit dem Balladenkranz A lytell geste, [1] dessen Entstehung in die Tage Chaucers, etwa in die Regierungsperiode Richards II. und Heinrichs IV. (1377—1413) fallen dürfte, mithin in Zeiten, da die Volkstradition über Robin Hood noch ziemlich frisch und unverfälscht erhalten war, und dessen Glaubwürdigkeit auch sonst durch mannigfache vollkommen geschichttreue Züge und Einzelheiten bewährt erscheint. In Forbuns Scotichronicon, fortgesetzt vom Abt Bower, wird unter dem Jahr 1266 erzählt: „In diesem Jahre" — also ein Jahr nach der Schlacht bei Evesham — „kam es zu heftigeren Feindseligkeiten zwischen

---

[1] Die älteste Ausgabe dürfte die (wahrscheinlich im Jahr 1489) bei Wynkin de Worde in London gedruckte sein, die den Titel führt: „Here beginneth a merry geste of Robin Hode and his meyno and of the prod sheryfe of Notyngham." Vgl. auch die Note S. 41.

---

ben ihres Erbes beraubten englischen Baronen und ben
Königlichen, von welchen Roger Mortimer die Gränzen von
Wales und John Daynil die Insel Ely besetzt hielten.
Um diese Zeit lebte Robert Hoob als Verbannter in den
Büschen und Dickichten des Waldes." [1] Weiters berichtet
berselbe Chronist folgendes Abenteuer Robin Hoobs: „Als
dieser eines Tages in Barnsdale, wohin er sich vor dem
Zorne des Königs und dem Hasse des Prinzen geflüchtet
hatte, sehr andächtig die Messe hörte, wie es seine Gewohn=
heit war, in welcher er sich durch nichts hindern ließ, wurde
er von einem Vicegrafen und andern königlichen Beamten,
die ihm schon längst nachgestellt hatten, in jenem geheimen
Walbverstecke, wo er Messe hörte, ausgekundschaftet. Einige
seiner Leute, die hievon Kenntniß erhalten hatten, beschworen
ihn, in aller Eile zu fliehen; doch aus Achtung vor der
heiligen Handlung, welcher er gerade seine innigste Anbacht
widmete, weigerte er sich entschieden dieß zu thun. Wäh=
rend der Rest seiner Schaar in Todesfurcht bebte, bestand
Robert im Vertrauen auf Ihn, den er furchtlos verehrte,
mit den wenigen seiner Gefährten, die ihm zufällig zur
Seite waren, den Angriff der Feinde, besiegte diese mit
Leichtigkeit und bereicherte sich mit beren Beute und Lösegeld,

---

[1] Die Originalstelle lautet: „Isto etiam anno grassati sunt
acrius Angliae barones exheredati et regales; inter quos
Rogerus de Mortuomari marchias Walliae, Johannes Day-
nillis insulam de Heli occupabant. Robertus Hode nunc
inter fruteta et dumeta silvestria exulabat." Scotichronicon,
ed. Geodall, vol. II.

von jetzt an die Priester der Kirche und die Messen in
noch höheren Ehren haltend, als bisher, und eingedenk
des Volksspruches: „Wer fleißig Messe hört, wird auch
von Gott erhört." [1] Der mehrerwähnte Verfasser des Auf=
satzes im London und Westminster Review schließt aus der
Erwähnung des „Königs" und des „Prinzen," daß das
hier erzählte Ereigniß gegen Ende jener zwei Jahre nach
der Schlacht bei Evesham stattgefunden habe, in welchen
Prinz Edward mit der Bewältigung der über mehrere Lan=
destheile zerstreuten bewaffneten Banden beschäftigt gewesen;
in dem gleichfalls erwähnten Vicecomes (viscount) sei aber

[1] Der Urtext lautet: „Cum ipse quondam in Barnisdale,
iram regis et fremitum principis declinans, missam, ut so-
litus erat, devotissime audiret, nec aliqua necessitate vole-
bat interrumpere officium; quadam die cum audiret missam,
a quodam vicecomite et ministris regis, cum saepius per
prius ipsum infestantibus, in illo secretissimo loco nemorali,
ubi missae interfuit, exploratus, venientes ad eum qui hoc
de suis perceperunt, ut omni annisu fugeret suggesserunt.
Quod, ob reverentiam sacramenti quod tunc devotissime ve-
nerabatur, omnino facere recusavit. Sed, caeteris suis ob
metum mortis trepidantibus, Robertus in tantum confisus in
eum quem coluit, inveritus, cum paucissimis qui tunc forte
ei affuerunt, inimicos congressus, eos de facili devicit, et de
eorum spoliis ac redemptione ditatus, ministros ecclesiae et
missas in majore veneratione semper et de post habere prae-
legit, attendens quod vulgariter dictum est: Hunc Deus ex-
audit, qui missam saepius audit." Scotichronicon, l. c. Vgl.
auch die Ballade: „Robert Hoods Kirchengang" auf S. 89 dieser
Sammlung.

der in den Balladen so oft genannte Sheriff von Nottingham nicht zu verkennen. Während Ritson das Lebensalter
Robin Hoods (angeblich geboren 1160, gestorben 1247)
auf 87 Jahre bringt, schließt Gutch aus obigen Stellen
Forduns und aus den Versen des Lytell geste:

> So lebt' er zwanzig Jahr und zwei
> Im grünen Waldesdicht
> Und alle Macht König Edwards bracht'
> Zurück zu Hof ihn nicht. [1]

daß der Volksheld, um etwa als vierzigjähriger Mann
die Schlacht bei Evesham (1265) mitzufechten, im J. 1225
geboren und da er unter Edward I., der 1272 zur Regierung kam, 22 Jahre im Walde zubrachte, etwa um 1294,
mithin im Alter von 69 Jahren gestorben sein mußte. [2]

---

[1] Vgl. die Ballade: „Robert Hood verläßt den Hof" S. 166,
welche dem „Lytell geste" entnommen ist. Die oben angeführte
Stelle lautet im Original:

> „Robin dwelled in greene wode
> Twenty yere and two
> For all drede of Edward our kynge
> Again would not he go."

[2] Diese Daten scheint Hr. Gutch, wenn die Zeitungen genau
berichteten, seither modificirt zu haben. In einem Aufsatze nämlich, welchen er in der 1852 in Newark abgehaltenen Versamm-
lung der brittischen archäologischen Gesellschaft vorlas, suchte er
die Ansicht des berühmten Antiquars Joseph Hunter näher zu
begründen, daß R. Hood mit dem in den „Exchequer Records"
als Thorwächter (yeoman porter) König Edwards II. im Jahr
1323 erwähnten Robert Hood identisch sey. (Siehe Augsburger

Der bereits erwähnte Alterthumsforscher aus Worcestershire
J. Allies [1] hält Loxley in Staffordshire oder Loxley in
Warwikshire für den Geburtsort Robin Hoods, den Wald
von Fekenham in Worcestershire aber für den frühesten
Schauplatz seiner Thaten und glaubt daß Robin Hood erst
nach der Schlacht bei Evesham in den Wald Sherwood
in Nottinghamshire und Barnsdale in Yorkshire gezogen
sei. Er erzählt, daß unter Heinrich II. die Gränzen des
Fekenhamer Forstes zur höchsten Betrübniß der Anwohner so
weit ausgedehnt wurden, daß der größte Theil des Nordens und Nordostens von Worcestershire in denselben ein-
geschlossen war (wie denn auch Sherwood fast ganz Nottinghamshire bedeckte). Allies hält sonach Robin Hood gleichfalls für einen Zeitgenossen Heinrichs III. und Edwards I.
und stellt die Vermuthung auf, daß Robins Vater oder
Großvater, gleich tausend Anderen, von Heinrich II., als
er jenen Forst erweiterte, gewaltsam aus seinem Grundbesitz verdrängt worden sei, wodurch die entschiedene Feind-
seligkeit Robin Hoods gegen die Forstgesetze noch erklär-
barer würde.

So tritt aus dem großartigen, wenn auch mitunter
dunkeln und nebelhaften geschichtlichen Hintergrunde deutlicher erkennbar die edlere historische Gestalt Robin Hoods

Allgemeine Zeitung, Jahrg. 1852, Nro. 237.) Wäre das früher
von Gutch angenommene Geburtsjahr 1225 richtig, so müßte
Robin Hood mindestens das Alter von 98 Jahren, also ein weit
höheres als das von Ritson angegebene erreicht haben.

[1] Jabez Allies a. a. O.

hervor als die eines ächten Frei= und Landsassen, eines wahren germanischen Gau= und Freimannes (yeoman, freeman). Von dem Yeoman untrennbar ist der Bogen! und in der Heeresformation jener Zeit bilden die landsässi= gen Bogenschützen die Masse des Fußvolks, so wie andrer= seits die lanzenbewaffneten Ritter den Kern der Reiterei. Der tapfere, gutherzige und trotz der Unterdrückung unab= hängig gebliebene Yeoman steht vor uns als Vertheidiger seiner Stammgenossen, als Feind der Fremdherrschaft, als Kämpfer für das alte angelsächsische Recht, die Gesetze Edwards des Bekenners, und für die neuen in der Magna charta verbrieften Freiheiten, die er im Vereine mit den volksfreundlichen und unabhängigen Baronen gegen die Uebergriffe der Herrscher mannhaft verficht; kurz wir er= blicken in ihm einen Volkshelden edelster Natur. Wir sehen seinen Trotz und Haß gegen das Gesetz nicht aus muth= williger Freude an gesetzlosen und anarchischen Zuständen, sondern aus einer reineren Quelle, ja aus wahrer Rechts= achtung entspringen; er mißachtet jenes nur, weil es ein fremdes, seinem Volke gewaltsam aufgezwungenes ist. Er haßt und verfolgt die Reichen, die Barone und Prälaten nicht aus gemeiner Habsucht und Mißgunst, nicht wegen ihrer höheren Lebensstellung, nicht aus Irreligiosität, son= dern weil sie die Räuber angelsächsischer Güter, weil sie die Eindringlinge und Unterdrücker sind. Die Wohlthaten, die er Armen, Wittwen und Waisen zuwendet, sind eben so viel Geschenke an leidende Stammgenossen und daher ächt patriotische Gaben. Er flieht in den Wald nicht aus

Hang zum Müßiggang und Vagabundenleben, sondern weil
er, seines väterlichen Erbes beraubt, dort allein seinen
Unterhalt, und gegen den Jammer, die Knechtschaft und
Trostlosigkeit des äußern Lebens in den Armen der Natur
Heiterkeit, Freiheit und Trost zu finden hofft. Bei solchem
innern Adel der ganzen Erscheinung freuen wir uns fast,
daß die von Ritson mit mehr Vorliebe als Kritik vorge-
führten Adelsdokumente Robin Hoods die gegründetsten
Bedenken erregen; daß namentlich der auf Dr. Stukeley's [1]
Autorität aufgenommene Stammbaum, ebenso wie die nach
Angabe Thoresby's [2] wieder abgedruckte Grabschrift vor der
geschichtlichen Kritik nicht Stand halten, wie denn auch
beide schon von früheren Kritikern, namentlich dem sachkundigen Bischof Dr. Percy stark angezweifelt worden sind.
Wir lächeln fast befriedigt zu der Annahme, daß insbesondere der adelige Geschlechtsname eines Earl of Huntington sich sehr natürlich in ein Wortspiel, in einen für
einen Wildschützen sehr passenden Scherznamen (von hunt,
hunting, die Jagd) auflösen dürfte. Wir sehen nach alle-
dem die fast beispiellose Vorliebe des englischen Volkes für
seinen Helden auch aus sittlichen Motiven vollkommen gerechtfertigt und erquicken uns um so lieber an den Erschei-
nungen einer so seltenen Popularität.

Als Zeugniß für diese mag es gelten, daß die Geschichte

---

[1] Aus dessen „Palaeographia Brittannica."
[2] Aus Dr. Gale's Papieren mitgetheilt in Thoresby's „Du-
catus Leodiensis." Den Wortlaut der Grabschrift siehe in den
Anmerkungen zu der Ballade: „Robin Hoods Tod."

und Thaten Robin Hoods und seiner Genossen den Stoff
zu mannigfaltigen dramatischen Vorstellungen und zu zahlreichen in wohlfeilen Ausgaben verbreiteten Volksromanen
und Prosaerzählungen, sowie zu vielfachen Anspielungen
gegeben haben, welche sich in englischen Dichtern und Pro-
saikern, namentlich in Shakespeares Werken, zahlreich vor-
finden. In neuerer Zeit haben zwei ausgezeichnete Schriftsteller Englands, Walter Scott in seinem Roman „Ivanhoe"
und James in seiner Erzählung „Forest days" es nicht
verschmäht, ihre Dichtungen mit Episoden aus dem Leben
Robin Hoods zu schmücken; zu geschweigen eines späteren
ähnlichen Versuches in Peacocks „Maid Marian." [1]   In
unsern Tagen (1860) ward eine Oper von Macfarrens
„Robin Hood" als werbendes Kassenstück für „Her Ma-
jesty's" Theater von der Londoner Presse mit vollen Po-
saunenstößen gepriesen, ein Erfolg, an welchem der Held
des Librettos seinen nicht unerheblichen Antheil haben mag.
Ihm verdanken verschiedene ältere und neuere, bei Ritson
wörtlich aufgeführte Sprichwörter ihren Ursprung; bei
Robin Hood oder einem seiner Genossen zu schwören, scheint
Landesbrauch gewesen zu sein. Seine Lieder wurden bei
feierlichen Gelegenheiten gesungen und sein Dienst bisweilen
dem Worte Gottes vorgezogen. So berichtet Bischof Latimer
(unter Edward VI., 1547—53) mit großer Entrüstung,
wie er auf der Heimreise nach London in eine Ortschaft

---

[1] Dem Verfasser nur in der französischen Uebersetzung von
Louis Barré (Bruxelles 1855) bekannt.

gekommen sei, wo er sich vorher habe anmelden lassen, um zu predigen; bei seiner Ankunft aber habe er den Ort leer und die Kirche verschlossen gefunden und habe erfahren, daß Robin Hoods day sei und daß Niemand zur Kirche kommen würde; demnach habe er wohl oder übel den Robin Hoods men Platz machen müssen. Man darf Robin Hood als Schutzpatron des Schützenwesens ansehen und wenn er auch nicht förmlich heilig gesprochen wurde, so erhielt er doch die vorzüglichste Auszeichnung eines Heiligen, nämlich das Zugeständniß eines eigenen Festtages, an welchem alle Geschäfte ruhen mußten und den selbst der religiöse Eifer der Reformationszeit nicht zu beseitigen vermochte. Der erste Mai ist der Robin Hoods day und feierliche Spiele, Schützen= und Maifeste, zur Ehre seines Gedächtnisses ein= geführt, wurden bis gegen Ende des 16. Jahrhunderts regelmäßig abgehalten, und zwar nicht von den untern Volksklassen allein, sondern von Königen, Prinzen und ernsthaften Magistratspersonen, sowohl in England als Schottland; Feste, nach den Anschauungen der früheren Jahrhunderte so innig verflochten mit der bürgerlichen und religiösen Freiheit des Volkes, daß die Regierung sie zu unterdrücken nicht wagen durfte. Die Söhne der Sachsen und die Söhne der Normänner nahmen gemeinsam Theil an diesen volksthümlichen Festvergnügungen, ohne sich ent= fernt daran zu erinnern, daß diese ein Denkmal sind der alten Feindschaft ihrer beiderseitigen Ahnen. König Hein= rich VIII. pflegte regelmäßig seine Maifeier zu begehen; Beispiele davon aus verschiedenen Jahren hat der Chronist

Hall sorgfältig aufgezeichnet. So bringt dieser aus dem
Jahre 1516 folgenden hübschen Bericht über eine von
Officieren der königlichen Leibwache aufgeführte Festscene:
„König und Königin im Kreise von Lords und Ladies
machten einen Lustritt zu den Höhen von Shooters Hill:
da erblickten sie am Wege eine Schaar von etwa 90 tüchtiger Bursche in grünen Kleidern und Hüten, mit Bogen und
Pfeilen bewehrt. Einer der Bursche, welcher sich selbst als
Robin Hood dem König vorstellte, lud diesen ein, seine
Leute schießen zu sehen; was der König zugestand. Nachdem dieser den Uebungen zugesehen hatte, machte Robin
Hood seine Einladung an König und Königin, ihnen in
den grünen Wald zu folgen und das Leben der Geächteten
anzusehen. Als die Königin und die Damen auf die Frage
des Königs: ob sie dazu geneigt wären, zugestimmt hatten,
begleitete Hörnerschall sie bis zu dem Walde, der am Fuße
von Shooters Hill gelegen ist. Daselbst befand sich eine Laube
aus frischen Zweigen aufgebaut und darin ein Saal, eine
größere und eine kleinere Kammer mit Blumen und dufti-
gen Kräutern ausgeschmückt, was dem König gar wohl
gefiel. Darauf sagte Robin Hood: Herr, der Geächteten
Frühstück ist Wildpret und Ihr müßt Euch bescheiden mit
dem Mahle, das wir haben. König und Königin ließen
sich nieder und Robin Hood und seine Leute bedienten sie
mit Wildpret und Wein. Als der König und sein Gefolge
sich entfernten, gab Robin Hood mit seiner Schaar ihm
noch das Geleite. Auf dem Rückwege begegneten sie zweien
Jungfrauen in einem reichverzierten von fünf Pferden

gezogenen Wagen; jedes Pferd hatte seinen Namen am
Haupte aufgeschrieben; auf jedem Pferde saß ein Fräulein
mit der Aufschrift ihres Namens und auf dem Wagensitze
saß Lady May begleitet von Lady Flora in reichstem
Schmuck und sie begrüßten den König mit mancherlei Ge-
sängen und geleiteten ihn dann nach Greenwich." [1] Unter
den mit den Maispielen zusammentreffenden Lustbarkeiten
nimmt der sogenannte Morris-Tanz, [2] in welchem Robin
Hood, Klein John, Bruder Tuck und Maid Marion ste-
stende Charaktermasken sind, eine hervorragende Stelle ein.
Im Kirchspiel von Halifax zeigt man noch einen unge-
heuren Stein oder Felsen, der Robin Hoods Pennystone
(Pfennigstein) heißt, mit welchem er zur Kurzweil nach
einem Ziele geworfen habe. In einer andern Felsengruppe
bei Birchover heißen ein paar der höchsten Spitzen Robin
Hoods stride (Schritt, Fußstapfe). Sein Bogen nebst
Pfeilen in Fountainsabbey, sein Stuhl in Sherwood (ein
Felsensitz in den Kirkby Crags heißt Robin Hoods chair)
wurden noch im vorigen Jahrhundert gezeigt. Auf diesem
Stuhle fand mit gewissen Feierlichkeiten die Aufnahme in
die dort zu seinen Ehren bestandene Brüderschaft statt.

---

[1] Aus Halls Chronicle auszugsweise in: „Londiniana or
Reminiscences of the british Metropolis: including characte-
ristic sketches antiquarian, topographical, descriptive and
literary, by Edw. Wedlake Brayley etc." London, 1828.
Bd. III. S. 231.

[2] Näheres über diesen in den Anmerkungen zu der Ballade:
„Robin Hood und Maid Marian."

Eine Hügelreihe in der Nähe von Nottingham, sowie die Quelle, aus welcher er seinen Durst zu löschen pflegte (Robin Hoods well), ebenso auch eine Bucht und Ortschaft an der Küste von Yorkshire (Robin Hoods bay) tragen seinen Namen. Dieser bezeichnet wohl noch ein Dutzend Gäßchen, Höfe und öffentliche Plätze in London und bis zur Abschaffung der aushängenden Schilde kam Robin Hoods Bild auch in der Hauptstadt fast so häufig als Aushängschild vor, wie noch gegenwärtig auf dem Lande. Ein in England wohlbekannter, im Jahre 1613 in London gestifteter Club für öffentliche Redeübungen nahm seit seiner Uebersiedelung in ein Haus in Butcher Row, welches solch ein Schild führte, den Namen Robin Hoods Society an. Aber nicht in England allein, auch in Irland und insbesondere in Schottland, welches eine eigenthümlich national gefärbte Reihe von Robin = Hoods = Liedern aufzuweisen hat, war die Popularität unseres Helden eine tief eingewurzelte und weitverbreitete. [1] Auch in Schottland hatte er seine Jahresfeier in Volksspielen und Festen und der oft wiederholte Versuch der Behörden, diese Festfeier, wenn sie auf einen Sonn= oder Feiertag fiel, zu unterdrücken, hatte im Jahre 1561 in Edinburgh einen sehr ernsthaften Volkstumult zur Folge. Noch im Jahre 1592 klagte die General

[1] Ein merkwürdiges Zeugniß für diese Popularität bleibt es, daß in Schottland schon im Jahr 1508, also bereits so bald nach Erfindung der Buchdruckerkunst, eine Ausgabe von „The lytell geste" und zwar bei Chapman und Myllar in Edinburgh erschien.

Assembly über die Entheiligung des Sabbaths durch die Robin-Hood-Spiele. [1]

Wenn wir, dem Ziele der gegenwärtigen Erörterungen näher rückend, das englische Volkslied genauer ins Auge fassen als einen jener Spiegel, welche uns von der volksthümlichen Geltung des Helden das treueste Abbild bieten, so finden wir das Andenken und die Thaten Robin Hoods in einem Kreise zahlreicher Reime, Lieder und Balladen aus früherer und späterer Zeit, von höherem und geringerem dichterischen Werthe gefeiert, welchen die geistreiche und gründliche Kennerin der Volkspoesie, Frau Robinson-Jakob [2] „als den merkwürdigsten Theil der englischen Volksliteratur" betrachtet. Zur Blüthezeit des englischen Volksgesanges wurden diese oft unmittelbar aus dem Volke selbst hervorgegangenen, dem gemeinen Manne bereits geläufigen Gesänge durch die Minstrels und Jongleurs (Glemen, fiddlers angelsächsisch) auch an den Höfen der Könige und Großen eingebürgert, bis sie durch die Erfindung der Buchdruckerkunst und durch das Emporblühen der Kunstpoesie in allmählichen Uebergängen aus den höheren Schichten endlich ganz verdrängt, den entartenden Nachfolgern jener Minstrels, bettelhaften Musikanten und Bänkelsängern, anheimfielen, von solchen Organen auch an Gehalt entwerthet, wenn auch vom Volke um des Helden willen noch

[1] Nach Arnots History of Edinburgh ch. II.
[2] Talvj, Versuch einer geschichtlichen Charakteristik der Volkslieder germanischer Nationen. Leipzig, 1840.

immer mit Interesse und Vorliebe aufgenommen. So läßt sich, nach dem Ausspruche eines sachkundigen Gewährsmannes, [1] „an den Robin=Hoods=Liedern allein schon die Blüthe und der Untergang des englischen Volksgesanges verfolgen," welcher in dem Minstrelgesang des 14. Jahrhunderts sein eigentlich goldenes Zeitalter gefunden hatte, während die Regierungszeit Elisabeths als die seines entschiedenen Verfalls angenommen werden kann. Noch durch das ganze 17. Jahrhundert wurden die erhalten gebliebenen Robin=Hoods=Balladen in Flugblättern durch Hausirer auf den Dörfern feilgeboten und nach einer Art Recitativ abgesungen; eine große Anzahl der ältesten aber war nachweisbar bereits mit ihren Sängern verschollen oder, wenn je niedergeschrieben, sonst verloren gegangen. Der Buchdruckerkunst, welche der Flüchtigkeit mündlicher Ueberlieferungen zu Hülfe kam, und dem Sammlerfleiße einiger Freunde des Volksliedes blieb es vorbehalten, etwa ein halbes Hundert jener Balladen, deren älteste und werthvollste wohl noch dem 14. Jahrhundert angehören, für unsere Tage zu retten. Sehr richtig jedoch bemerkt Talvj, [2] daß das Volkslied, bevor es niedergeschrieben wird, oft Jahrhunderte lang sich traditionell fortpflanzt und so, während es im ganzen dasselbe bleibt, in Einzelnheiten und in der Ausdrucksweise sich verändert. So mögen einige

---

[1] W. Dönniges, Altschottische und Altenglische Volksballaden. Nach den Originalen bearbeitet. München, 1852.
[2] Vgl. Talvj a. a. O. S. 496.

dieſer Balladen, welche der Sprache nach etwa dem 15. Jahrhundert d. h. der Zeitperiode, in welcher ſie zu Papier
gebracht wurden, angehören, doch in ihrer Compoſition
weſentlich älter ſein. Als Verfaſſer einiger der älteſten
Robin=Hood=Lieder wird Richard Grove, der in der Nähe
von Doncaſter wohnte, genannt; als Autor eines der ſpä-
teren aus dem 17. Jahrhundert nennt ſich Martin Parker
ſelbſt. Die älteſten, urſprünglich zum Volksgebrauche be-
ſtimmten Drucke ſolcher Lieder erſchienen theils vereinzelt
als fliegende Blätter in ſogenannter gothiſcher Schrift
(black letter) mit groben Holzſchnitten, theils in mehr oder
minder umfangreichen, oft neu aufgelegten Sammlungen
unter dem für ähnliche Sammelwerke damals ſehr beliebten
Titel der „Garlands“ [1] (Kränze). Begreiflicherweiſe ſind
dieſe alten Drucke gegenwärtig typographiſche Seltenheiten
und nur noch hie und da in namhafteren Bibliotheken
vorfindig. Einzelne Stücke davon kamen in den mit kriti-
ſcherem Geiſte zuſammengeſtellten Sammlungen von Percy, [2]

---

[1] Eine der älteſten Ausgaben ſoll die im Jahre 1670 bei
T. Coles, W. Vere und J. Wright erſchienene ſein. Ritſon ſcheint
dieſe nicht gekannt zu haben und führt als die älteſte ihm be-
kannte die bei J. Clark, W. Thackeray und Th. Paſſenger im
Jahr 1686 gedruckte an; eine der letzten in London aufgelegten
führt den Titel: „Robin Hoods garland being a complete history of all the notable and merry exploits performed by
him and his men on many occasions: To which is added a
preface giving a more full and particular account of his
birth etc.: than any hitherto published.“

[2] a. a. O.

Jamieson, [1] Halliwell, [2] Walter Scott [3] u. A. in neuerer Zeit
zum Wiederabbrucke für den modernen Leser. Das unbestreit=
bare Verdienst der ersten thunlichst vollständigen Gesammt=
ausgabe aller über Robin Hood auffindbaren Volkslieder
gebührt aber dem fleißigen Sonderling J. Ritson, [4] welcher
es zugleich unternahm jenes bereits mehrfach erwähnte hi=
storische Lebensbild zu zeichnen, dessen hier und da etwas
allzukühne Contouren eine spätere Kritik zwar auf die rich=
tigeren Umrisse zurückführen darf, ohne des Dankes zu
geschweigen, den sie ihm für die Reichhaltigkeit des zu
Tage geförderten Materiales schuldet. Ritsons Sammlung
bildet den werthvollen Grundstock der neuesten, begreiflicher=
weise noch vollständigeren Gesammtausgabe der Robin=
Hood=Poesien, welche J. W. Gutch [5] im Jahre 1847 ans
Licht treten ließ und mit gediegenen, auch in unserer

---

[1] Jamieson, Popular Songs.
[2] Hallywell, Nursery Rhymes of England.
[3] W. Scott, Minstrelsy of the Scottish Border.
[4] Robin Hood: a collection of all the ancient poems,
songs, and ballads, now extant relative to that celebrated
English Outlaw. To which are prefixed historical anecdotes
of his live. By Joseph Ritson, Esqu. Second Edition. London, 1832. 2 Bde. Die erste Auflage erschien 1795.
[5] A lytell geste of Robin Hode with other ancient_et
modern ballads and songs relating to this celebrated yeoman
to which is prefixed his history and character grounded upon
other documents than those made use of by his former bio-
grapher Mister Ritson Edited by J. M. Gutch, F. S. A. In
two volumes. London, 1847.

Darstellung dankbar benützten, historisch = kritischen Beigaben
bereicherte.

Ueber Werth und Bedeutung dieser Dichtungen in ihrem
Heimathlande läßt sich die bewährte Stimme Allan Cun=
ninghams,[1] wie folgt, vernehmen: „Diese Balladen in
ihrer ungekünstelten Anschaulichkeit werden Manchem viel=
leicht roh erscheinen. In der That müssen wir zugestehen,
daß dieselben öfters wenig wohllautend sind und jenes Ton=
falles entbehren, welchen der Kritiker heutzutage wünschen
muß; aber in jener Zeit, als sie entstanden, war das Auge
noch nicht, wie jetzt, auf den Richterstuhl berufen und das
Ohr begnügte sich, da Musik ohne störendes Uebergewicht
die Worte begleitete, mit einer gewissen Uebereinstimmung
der Töne. Der Balladensänger war demnach minder be=
sorgt um den Fluß der Worte, die Richtigkeit des Sylben=
maßes und den Reinklang der Reime. Seine Dichtungen,
an denen sich unsere Vorfahren wahrhaft ergötzten, klingen
rauh und herb für das verwöhnte Ohr der Neuzeit, denn
unser Geschmack ist empfindlicher in Sachen der Reinheit
und des Wohlklangs der Töne. Sie sind aber reich an
Handlung und reinmenschlichem Charakter; sie spiegeln die
Sitten und Gefühle ferner Zeiten wieder; sie zeichnen
Manches, was der Maler nicht ausführte und der Ge=
schichtschreiber übersah; ohne verletzende Bitterkeit spricht
aus ihnen die Empfindlichkeit gegen Unbill und Unrecht

[1] Siehe dessen Aufsatz: „Robin Hoods Ballads" in Knights
Store of Knowledge.

im öffentlichen wie im Privatleben; ja, sie schwingen sich bisweilen in die höhern Regionen der Phantasie empor und liefern Gemälde im ächten Geiste der Romantik. Ein unwiderstehlicher Drang zum Kampfe, der ihnen nur Spiel scheint; Verachtung gegen alles was hinterlistig und feig, Liebe für alles was frei, mannhaft und warmherzig ist; Haß gegen alle Unterdrücker, seien es Priester oder Laien, und Hinneigung zu allen Jenen, welche die wahre Lustigkeit in Wort und That lieben; das sind die Eigenschaften, durch welche die Robin=Hoods=Balladen sich auszeichnen. Der persönliche Charakter, so gut wie die Geschichte des kühnen Geächteten ist jedem Verse aufgeprägt."

Bei solchen Eigenschaften ist die ungemeine und andauernde Beliebtheit und Verbreitung dieser Lieder durch alle Gesellschaftskreise Englands erklärbar. Jedes Handwerk wollte sein eigenes Robin=Hood=Lied besitzen und so finden wir den Helden im Zusammentreffen mit einem Gerber, einem Töpfer, einem Fleischer, einem Schäfer, einem Färber, einem Kesselflicker u. A. m. Manche dieser Balladen mag gelegentlich für ein anderes Handwerk zurecht gemodelt worden sein, wie denn auch im Deutschen beispielsweise das hübsche Lied vom „Zimmergesell" und der jungen Markgräfin [1] anderweitig auch von einem Schuhmacher=, einem Schmiede=, einem Schneider=, einem Bäcker=, einem Büttner=, einem Schlosser=, einem Tischlergesellen,

---

[1] Vgl. K. Simrocks deutsche Volkslieder in der von ihm herausgegebenen Sammlung der „deutschen Volksbücher."

enblich auch von einem Schreiber gesungen wird; und
wie hier die verschiedenen Handwerke um die genossene
Gunst einer schönen und vornehmen Frau wetteifern, so
geizen sie dort nach dem Ruhme, sich durch einen der Ihri-
gen mit Robin Hood im Kampf gemessen, diesen besiegt
und allenfalls tüchtig durchgebläut zu haben.

Es bleibt ein schöner Zug im Volksgemüthe, daß es in
Lied und Ueberlieferung seine Helden möglichst emporzu-
heben, auszuschmücken und zu veredeln bestrebt ist. Indem
es hiebei nicht ansteht, Thaten und Erlebnisse anderer Be-
rühmtheiten auf seine Lieblinge zu übertragen, diese in die
Umgebung edlerer Personen, auf den Boden einer interes-
santeren Zeit zu stellen, ihr Andenken in seine Feste und
Gebräuche zu verweben u. s. w. geräth es freilich mit der
historischen Gewissenhaftigkeit hie und da in arge Konflikte.
Daß solche auch bei den Volkstraditionen über Robin Hood
mannigfach obwalten, wurde bereits nachgewiesen. In
solchen Fällen wird es dann wieder die Aufgabe späterer
Kritiker, in ihren Forschungen auf die Urgestalten zurück-
zugehen und den ächten historischen Kern aus dem poetischen
und traditionellen Schmuck- und Beiwerk zu lösen. In
dieser Richtung sei auf A. Kuhns [1] interessanten Versuch
hingewiesen, die mythische Gestalt Robin Hoods aus der
Rolle, die ihm bei den Weihnacht- (Christmas) und Früh-
lingsfesten und andern Volksgebräuchen zugewiesen ist,

---

[1] Siehe dessen Aufsatz: „Wodan" im V. Bd. der Zeitschrift
für deutsches Alterthum, herausg. von Moritz Haupt. 1845.

zurückzuführen auf Woban als „Gott des Frühlings der den Sommer bringt," dem aber auch die Zeit der Wintersonnenwende geheiligt gewesen.

Mag immerhin rücksichtlich einzelner Daten über Robin Hood einiger Widerspruch zwischen Historie und Poesie bestehen, so stimmt doch mit dessen Charakterbilde im großen Ganzen, wie es die Geschichte aufstellt, die Zeichnung des Helden in der Volksdichtung wesentlich überein; diese ergänzt jenes und führt es in einzelnen Zügen noch sorgsamer aus. Ein Beschützer der Armen und Schwachen, ein Feind der Unterdrücker ist er auch hier; seinem König ergeben in Treuen, schwingt er doch die Waffe gegen dessen Beamte und Höflinge als Feinde seines Volkes; bis zum Uebermaße fromm und gottesfürchtig, läßt er sich doch nicht aus Respekt vor dem geistlichen Talare abhalten von Angriffen auf hochmüthige Bischöfe und geldgierige Prälaten des Eindringlingstammes. Zäh und fest im Unglück, an Entbehrungen gewohnt und diese mit guter Laune ertragend, zeigt er sich als ächter Lebemann und großmüthiger Spender im Glück und Ueberfluß, immer munter und schlagfertig, gutherzig und voll des frischesten, aber mitunter sehr derben englischen Humors. Ein trefflicher Bogenschütze weiß er jedoch auch das Schwert und die Stange, den Langstab (quarterstaff), ja im Nothfalle auch die Faust trefflich zu führen. In seiner Hand wird der Stock geadelt und zur ritterlichen Waffe erhoben. Im Walde wiederhallt es von Schlägen, die der Held reichlich austheilt, aber fast noch reichlicher empfängt; denn ungleich

andern immer siegreichen Helden der Kunst= und Volks=
poesie, vor deren bloßem Anblicke schon die Feinde bewältigt
niederstürzen, läßt ihn das englische Volkslied sehr oft als
Besiegten und jämmerlich Durchgeprügelten erscheinen; sei
es daß die Volksdichtung, diesen Zug von Naturwahrheit
festhaltend, ihren Liebling der allgemeinen menschlichen Hin=
fälligkeit nicht entkleiden und ihn dadurch dem Auditorium
näherrücken wollte, sei es daß sie ihn absichtlich den
Schwächeren spielen läßt, um seine Gegner zu Anhängern
zu werben und sie in die Herrlichkeiten des Waldlebens
einzuführen. Dieses Wald= und Jagdleben, von dessen
Reizen uns die Balladen mit wenigen aber kräftigen Pinsel=
strichen ein so naturwahres Gemälde entwerfen, hat nichts
gemein mit der weichlichen Kunstblumenpoesie modernster
Waldseligkeit. Hier trägt der Wald noch seinen alten
großartig einfachen Charakter; in seinem ehrwürdigen noch
ungelichteten Dunkel, in seiner knorrigen Urwüchsigkeit und
erhabenen Wildheit ist er das Asyl der Verfolgten, die
Schule freiwilliger Entbehrung und Kraftübung, aber auch
die Heimath der wettergehärteten Gesundheit und Mannes=
freiheit. Das Leben des Helden schließt in Geschichte und
Dichtung mit tragisch erschütternder Wirkung ab; der an=
dächtige Verehrer der heiligen Jungfrau, der Mann, wel=
cher nie einer Frau ein Leides that oder anthun ließ, findet
in einem Frauenkloster seinen Untergang und verblutet unter
den Händen eines Weibes, dessen christlicher Beruf es war,
ihm Hülfe zu leisten, die er vertrauensvoll gesucht hatte.

Die erklärbare Anziehungskraft, welche von einer solchen

Heldengestalt ausgeht, rechtfertigt wohl auch den Wunsch, diese in treuem Spiegelbilde der deutschen Lesewelt vorzu- führen; ja, so mächtig war diese Anziehungskraft, daß der Uebersetzer selbst durch die warnende Stimme Talvj's, welche die Robin=Hoods=Balladen bei ihrem vorwiegend „lokalen Gepräge, so durchwirkt mit Orts= und Gewerbs= namen" für „ganz unübersetzbar" erklärt, von dem Unter- nehmen sich nicht abschrecken ließ. Bei dessen Ausführung aber mußte es als die geeignetste Form erscheinen, die getroffene Auswahl der dichterisch anziehendsten Stücke wo möglich in ein auch innerlich zusammenhängendes Ganzes zu vereinigen und diese sprachlich und zeiträumlich so geschiedenen, nur in der Verherrlichung ihres Helden übereinstimmenden Produkte des dichtenden Volksgeistes zu einem abgeschlossenen ein- heitlichen Lebensbilde zusammenzufassen. Diese Aufgabe fest im Auge behalten, war auch die Art der Behandlung des verfügbaren Materiales von selbst vorgezeichnet. Bei aller gewissenhaft beobachteten Treue gegen Geist und Wort der Originale, war doch in der Zusammenstellung der Einzeltheile des Gemäldes ein gewisses Maß von Frei- heit unentbehrlich. Schon in der Reihenfolge der einzelnen Stücke mußte der Uebersetzer von den Herausgebern des eng- lischen Urtextes abweichen, da diese die Aneinanderreihung nach deren sprachlichem Alter durchführten, während in der deutschen Auswahl die geschilderten Momente am rechten Orte an den Lebensfaden des Haupthelden anzuknüpfen waren; dort war die philologische, hier die historische Chronologie maßgebend. Manche dieser Lieder aus der

spätern Zeit beginnen, dem gewerbmäßigen Charakter der
vortragenden Volkssänger entsprechend, mit einer einladen-
den Ansprache an das Publikum [1] oder mit einer kurzen
Inhaltsangabe des zum Vortrag kommenden Liedes, das
in der Regel als ein abgeschlossenes Stück selbständig für
sich gelten mochte. Die Festhaltung der Einheit und des
Zusammenschlusses der verschiedenen Balladen erforderte es,
in unserer Sammlung derlei störende Eingänge ebenso zu
beseitigen, wie die in einigen Liedern vorkommenden, meist
auch unübersetzbaren Kehrreime (Refrains), [2] welche doch

---

[1] Z. B. „Wollt ihr gedulden, edle Herrn,
      So sing' ich euch zum Lohn
      Ein gutes Lied von Robin Hood
      Und seinem wackern Klein John."
    Robin Hood's birth, breeding, valour and marriage.

oder: „Ihr edlen Herrn und freien Leut'
      Rückt näher zu mir her,
      Von Robin Hood dem tapfern Mann
      Erzähl' ich euch eine Mähr'."
         Robin Hood and the Shepherd.

oder: „Kommt, edle Herrn, und gebt eine Weil'
      Auf meine Erzählung Acht,
      Wie Robin Hood den Bischof bedient
      Und um sein Gold gebracht."
         Robin Hood and the bishop.
           u. s. w.

[2] Z. B. „Derry derry down
      Hey down, derry down."

oder: „With a hey down, down, a down, down."
           u. s. w.

nur für den Gesangsvortrag erheblich, hier aber nicht
minder störend wären. Kenner des Volksliedes wissen aus
Erfahrung und die so häufigen Varianten, namentlich in
beliebteren Volksliedern, beurkunden es, wie mannigfaltigen
Aenderungen, Zusätzen, Erweiterungen und Weglassungen
das Volkslied im mündlichen Vortrage unterworfen ist.
Einem geübten Blick und Gefühl sind derlei Stellen leicht
erkennbar und theilweise Kürzungen, Ergänzungen und Ab-
rundungen, wenn mit Takt und Maß, mit Gewissenhaftigkeit und am rechten Orte vorgenommen, gewiß ein nicht
unerlaubter Versuch zur Wiederherstellung des Ursprüng-
lichen. Dabei ist der Uebersetzer jedoch sich bewußt geblie-
ben, auch hier jene gewissenhafte Achtung und Treue vor
dem ächten Volksliede bewahrt zu haben, welche ihm bereits
bei einer frühern Arbeit ähnlicher Richtung [1] als strenge
Richtschnur diente.

Die Gegenwart kennt nicht Acht und Bann, wenigstens
nicht in den schroffen Formen und Wirkungen der Vorzeit;
sie hat keine Geächteten und Frieblosen und die etwa als
solche sich Fühlenden sind es doch nicht in dem Sinne jener
früheren Tage. Aber auch die Neuzeit kennt inmitten
ihrer kämpfenden Gegensätze noch immer jenes unwider-
stehliche Verlangen, jene tiefe Sehnsucht des Menschen-
herzens, welches aus der Atmosphäre gährender Neugestal-
tungen, aus den Wahlstätten ringender Ideen und Par-
teien, aus dem verwirrenden Durcheinander ihrer Feldrufe,

---

1 Volkslieder aus Krain. Uebersetzt von A. Grün. Leipzig, 1850.

aus dem Unbestand der Tagesmeinungen unbefriedigt hin=
aus drängt nach einem Momente der Selbstsammlung
und Erfrischung, nach einem, wenn auch nur augen=
blicklichen Ruhepunkt und Halt, welchen ihm das nach
ewig unveränderlichen Gesetzen sich bewegende Leben der
Natur in seiner Ruhe, Klarheit und Stätigkeit zu bieten
vermag. In solchen Stunden und in solcher Stimmung
war es, daß der Herausgeber dieser Blätter im Geiste an
der Hand des alten Geächteten und Frieblosen, Robin
Hoods, in die Wälder Altenglands wanderte und im
Schatten ihrer stämmigen Eichen das Mosaikbild zusam=
menstellte, welches in diesem Büchlein der deutschen Lese=
welt vorliegt. Möchte es gelungen sein, in der aus mit=
unter spröbem Gestein zusammengefügten Arbeit die ragende
Gestalt des Helden und den frischen Schmelz des grünen
Waldgrundes dem Urbilde ähnlich hier wiedergegeben zu
haben! Dann wird auch durch diese Blätter ein Ton ziehen,
als ob von ferne der nie ganz erfolglose Waldhornruf
Robin Hoods erklänge und den deutschen Leser, nicht ohne
auf dessen nachträgliche Zustimmung zu hoffen, freundlich
einlüde zu einem Gange in die erfrischenden Schatten, zu
einem Stündchen Aufenthalt

„im lustigen grünen Wald."

Robin Hood.

Robin Hoods Geburt.

Willie war stark von Gliederbau
Und edler Ahnen Sohn,
Zum Grafen Richard kam er einst
Und dient' um Kost und Lohn.

Graf Richard hatt' ein Töchterlein,
Wie eine Lilie zart,
Sie schlossen ihren Herzensbund
Nach ächter Liebesart.

Es fiel auf eine Sommernacht,
Das Laub war schön und licht,
Da traf Willie sein Fräulein hold
Allein im Waldesdicht.

„O Willie, mein Gewand ist eng,
Das sonst mir war so weit!
Fort ist mein schönes Wangenroth,
Mein Stolz zu andrer Zeit!

„Erfährt mein Vater nur ein Wort
Was zwischen uns geschehn,
Er äße nicht und er tränke nicht
Bis er dich hängen gesehn.

„Doch komm' zu meinem Kämmerlein,
Wann sich geneigt der Tag,
Und nimm in beide Arme mich,
Daß ich nicht fallen mag."

Und als der Tag zur Neige ging,
Kam er an ihr Kämmerlein,
Da blickte sie zum Fenster aus
Im hellen Mondenschein.

Sie schlüpft' ins Kleid von Scharlach roth
Wohl ohne Furcht und Harm,
Und Willie, stark von Gliederbau,
Hob sie in seinen Arm.

Sie gingen in den grünen Wald,
Und eh die Nacht entflohn,
Gebar sie zwischen grünem Laub
Ihm einen schmucken Sohn.

Die Nacht verstrich, der Tag begann,
Die Sonne brach hervor,
Da fuhr Graf Richard aus dem Schlaf
Und raffte sich empor.

Er rief nun seine rüst'gen Leut',
Wohl einen, zwei und drei:
„Was ist's mit meiner Tochter lieb,
Daß sie nicht kommt herbei?

„Ich träumete bösen Traum heut Nacht,
Gott geb', es ende gut!
Ich sah im Traum die Tochter lieb
Ertränkt in der Salzsee Flut.

„Doch ob sie krank sei, ob sie todt
Und ob sie sei geraubt,
Ich schwör' den Eid und halt ihn treu
All hängt ihr Haupt bei Haupt!“

Sie suchten hier, sie suchten dort,
Sie suchten auf und ab;
Und fanden sie, wie im grünen Wald
Dem Kind die Brust sie gab.

Er nahm das Knäblein auf den Arm
Und küßt's mit zärtlichem Muth:
„Und hängt' ich deinen Vater gern,
Doch blieb ich der Mutter gut.“

Er küßt es aber= und abermal:
„Ich heiße dich Enkelein,
Und Robin Hood im grünen Wald
Das soll dein Name sein.“

Manch Einer singt vom Gras, vom Gras,
Manch Einer vom Korn im Feld,
Manch Einer, der singt von Robin Hood,
Weiß nicht, wo er kam zur Welt.

Das war nicht in der Hall, in der Hall,
Nicht im Saal, von Farben bunt,
Es war im lieben grünen Wald,
Wo die Lilien blühn im Rund.

Robin Hoods Gang nach Nottingham.

Ein prächt'ger Bursch war Robin Hood
Und fünfzehn Winter alt,
Ein muthig Herz war Robin Hood,
Und hoch und schlank von Gestalt.

Robin der wollt' nach Nottingham,
Zur Mahlzeit dort zu sein;
Auf fünfzehn Förster stieß er da,
Bei Bier und Ale und Wein.

„Was Neu's? was Neu's?" frug Robin Hood,
„„Was willst für Neuigkeit?
Der König schrieb ein Schießen aus;"" —
„Mein Bogen ist bereit."

„„Das bräct' uns Schande,"" sprachen sie,
„„Solch Bübchen an dem Tag
Vorm König mit dem Bogen zu sehn,
Den kaum es spannen mag!""

„Ich wett' euch zwanzig Mark," sprach er,
„Mit Gunst der heil'gen Maid,
Ich treff' das Ziel und fäll' den Hirsch
Auf hundert Ruthen weit."

„„Wir wetten zwanzig gegen dich,
Mit Gunst der heilgen Maid,
Du triffst kein Ziel, fällst keinen Hirsch
Auf hundert Ruthen weit.""

Robin spannt seinen Bogen gut,
Sein breiter Pfeil entschnellt,
Er trifft auf hundert Ruthen weit
Und hat den Hirsch gefällt.

Man stritt ob der drei Rippen brach,
Ob eine oder zwei;
Der Pfeil blieb haften nicht daran,
Doch streift' er zwei bis drei.

Der Hirsch sprang auf und schnellt' empor,
Der Hirsch lag auf dem Grund.
„Die Wett' ist mein!" rief Robin Hood,
„Und gält' es tausend Pfund."

„„Sie ist nicht dein!"" die Förster drauf,
„„Hast dich zu früh gefreut!
Nimm deinen Bogen, pack dich heim,
Sonst wird dein Fell gebläut.""

Robin nahm seinen Bogen rasch,
Und nahm die Pfeile mit,
Er lächelte still, er lachte laut,
Als hin durchs Feld er schritt.

Robin spannt seinen Bogen gut,
Läßt fliehn die Pfeile scharf,
Bis von den fünfzehn Förstern er
Vierzehn zu Boden warf.

Nur jener, der den Streit begann,
Lief noch die Flur dahin,
Doch Robin spannt den Bogen gut
Und überholt auch ihn.

„Ihr sagtet, daß kein Schütz' ich sei,
Ob ihr das jetzt noch glaubt?"
Da schnellt er ab noch einen Pfeil,
Der spaltet ihm das Haupt.

„Nun bin ich euch als Schütz' erprobt,
Drob manche Frau wohl klagt;
Das Wort, den Bogen spann' ich kaum,
Jetzt wünscht sie's ungesagt."

Aus Nottingham lief alles Volk
Und strömt im Wahn herbei,
Daß von den Förstern, die jetzt todt,
Kühn Robin gefangen sei.

Noch Mancher kam um Arm und Bein,
Und Mancher wurde kalt;
Doch Robin mit seinem Bogen schritt
Zum lust'gen grünen Wald.

Die Förster brachte man zur Stadt,
Wie's Mancher dort gedenkt;
Am Kirchhof hat in einer Reih'
Man sie ins Grab gesenkt.

Robin Hood und John Klein.

Kaum zwanzig Jahr war Robin alt,
Als sich John Klein ihm fand,
Ein muntres Blut, für's Handwerk gut,
Ein Arm, geflohn im Land.

Klein hieß er, sieben Fuß doch maß
Sein Körper ungeschlacht,
Voll Kraft dabei. — Hört, wie die Zwei
Bekanntschaft einst gemacht.

Robin zu seinen Schützen sprach:
„Bitt' euch, bleibt hier im Hain,
Merkt auf den Schall des Horns mir all',
Derweil ich streif waldein.

„Zwei Wochen keine Kurzweil gab's,
Drum seh ich jetzt mich um;
Wenn ich bedrängt und eingeengt,
Dann bleibt mein Horn nicht stumm.“

Den Leuten sagt er Lebewohl
Und schüttelt jede Hand;
Er schritt gemach, bis dort am Bach
Er einen Fremdling fand.

Anastasius Grün, Robin Hood.   5

Auf schmaler Brücke standen sie,
Wollt Keiner weichen auch,
Robin stand quer und rief: „Ich lehr'
Dich Nottinghamer Brauch!"

Vom Köcher nimmt er einen Pfeil
Mit Graugansschwingen dran;
Der Fremdling schnell: „„Ich walk' dein Fell,
Rührst du den Strang nur an!""

„Du sprichst wie 'n Esel!" versetzt Robin,
„Wenn mein Geschoß gespannt,
Durch's Herz so stolz fliegt dir mein Bolz,
Bevor du ballst die Hand."

„„Du sprichst wie 'n Feigling,"" Jener drauf,
„„Bist mit Geschoß bewehrt,
Durchbohrst mit Lust des Gegners Brust,
Dem nur ein Stab bescheert.""

„Nie heiß' ich Feigling!" rief Robin,
„Den Bogen schleudr' ich weit;
Ein Stab bewähr' auf dein Begehr
Mir deine Tapferkeit."

Im Busch den braunen Eichenpflock
Erlas sich Robin Hood;
Als das gethan trat er heran
Zum Frembling frohgemuth:

„Sieh, hier mein Stock ist schwer und zäh,
Die Wahlstatt sei der Steg;
Besiegt soll sein wer fällt hinein,
Dann ziehn wir unsern Weg."

„„Von Herzen gern!"" der Frembling brauf,
„„Ich weich' um keinen Strich.""
Dies Wörtlein blos, dann geht es los,
Die Stecken schwingen sich.

Robin gibt ihm den ersten Schlag
Daß jeder Knochen klingt;
Der Frembling sprach: „„Das zahl' ich nach!
Ich geb's so gut ihr's bringt.

„„So lang den Stock ich schwinge, Freund,
Pfui wenn ich dein Schuldner blieb'!""
Drauf ging's von vorn, als dräschen sie Korn,
Mit Wucht fiel Hieb auf Hieb.

Der Frembling klopft' auf Robins Haupt,
Daß Blut entquoll sogleich!
Robin in Hast, von Zorn erfaßt,
Ließ wettern Streich auf Streich.

Er schlug auf ihn wie Hagelschlag
So dicht, so schwer und jäh,
Daß Dampf auftrieb von jedem Hieb
Als ob in Brand er steh'.

Hei! da ergrimmt der Fremde wild,
Wirft einen Blick voll Wuth,
Führt einen Schlag, und Robin lag
Geschleudert in die Fluth!

„„Sag an, Gesell, wo bist du nun?"""
So höhnt der Frembling ihn;
Kühn Robin sprach: „Mein Eid, im Bach!
Im Strome treib ich hin.

„Du bist ein tapfres Herz, fürwahr,
Und Friede sei gemacht!
Gern stimm' ich ein: der Tag ist dein,
Zu End' ist unsre Schlacht."

Er watet an's Gestad und schwingt
Sich auf am Hagedorn,
Und bläst alsbald, daß laut es schallt,
In sein vielliebes Horn.

Das Echo durch die Thäler flog,
Die Schützen rief der Klang;
Im Grüngewand, das prächtig stand,
Den Meister suchten sie bang.

„„Was ist hier los?"" frug Will Stuteley,
„„Meister, wie naß ihr seid!"""
„Nichts ist hier los, dies Bürschlein blos
Warf mich hinein im Streit."

„„Das sei vergolten!"" drohten sie
Und tauchten gern ihn ein;
Robin rief schnell: „Halt! der Gesell
Ist brav, drum laßt es sein!

„Von Keinem fürcht' ein Leides, Freund,
·Die Schützen sind mein Schutz,
Wohl sechzig und neun; ei, werbe mein,
Du trägst dann gleichen Putz,

„Trägst was dem Mann an Rüstung frommt;
Sprich frei, mein Junge, sprich!
Ich lehr' dann auch des Bogens Brauch,
Den Schuß auf's Damwild dich."

„„Topp!"" rief der Frembling, „„Hand darauf!
Ich dien' euch mit Herz und Haupt,
Bin rühriger Hand, John Klein genannt,
Spiel' meinen Part, das glaubt!""

„Den Namen ändern wir!" sprach Will,
„Als Pathe tret' ich ein,
Bestellt ein Mahl, doch nicht zu schmal,
Und laßt uns fröhlich sein!"

Sie holen ein paar fette Hirsch'
Und Trank, der feurig rinnt,
Sie lieben was gut! — so in Waldeshut
Tauft man das holde Kind.

Das mißt zwei Ellen um den Leib,
Ist lang blos sieben Schuh:
Ein Püppchen schwach! Kühn Robin sprach
Das Taufgebet dazu.

Im Kreise stehn die Schützen all,
Aus Nottingham entstammt,
Mit sieben Mann kommt Stuteley dann
Und übt sein Pathenamt.

„Dies Knäblein," sprach er, „hieß John Klein,
Nun tauscht des Namens Klang,
Versetzt die Wort': er heißt sofort
Klein John sein Lebenlang."

Da jubelt's daß die Luft erbebt,
Und nach der Taufe zog
Die Schaar zu Tisch, wo froh und frisch
Den edlen Trank sie sog.

Robin staffirt das Knäblein aus
Vom Scheitel bis zum Schuh,
In grün Gewand, das prächtig stand,
Den Bogen schmuck dazu.

„Ein Schütze sei, den Besten gleich!
Durchstreif mit uns den Wald;
Uns fehlt nicht Gold, so lang's noch hold
In Bischofsbörsen schallt.

„Wir leben Lords und Rittern gleich,
Auch ohn' ein Fußbreit Land,
Wir tafeln hier bei Wein und Bier
Und jeden Wunsch zur Hand."

Musik und Tanz beschließt den Tag,
Die Sonne senkt den Lauf,
Die Schaar auch sucht in Waldesschlucht
Die Lagerstätten auf.

John Klein jedoch, so groß er war,
Hieß, seinem Wuchs zum Hohn,
Seit dieser Stund' in aller Mund
Sein Lebtag nur Klein John.

Robin Hood und Maid Marian.

Ein lieblich Kind von edlem Geschlecht,
Maid Marian war sie genannt,
Sie lebte im Nord, von Ritter und Lord
Gepriesen im ganzen Land.

An Anmuth wich die ländliche Maid
Wohl keiner Königin,
In zärtlicher Glut warb Robin Hood
Um sie mit treuem Sinn.

Die rothen Lippen trafen sich,
Ein Sinn nur waren allbeid',
Wo sie sich sahn, ein süß Umfahn
In Lieb' und Einigkeit!

Das Glück doch blieb nicht lange hold,
Und schied die Liebsten bald
Mit traurigem Muth schritt Robin Hood
Zum lustigen grünen Wald.

Marian, die Arme, um den Freund
In Klagen sich verzehrt,
Ruft ihn zurück mit Thränen im Blick
Und preist nur seinen Werth.

In Leid und Gram, statt Fraungewands
Nimmt sie ein Pagenkleid,
Und streift im Wald, zu finden bald
Den Bravsten seiner Zeit.

Mit Köcher und Pfeil, mit Schwert und Schild
Gar mannhaft kühn bewehrt,
So zieht sie dahin und sucht Robin,
Der mehr als Gold ihr werth.

Robin doch trug Verkleidung selbst,
Als Gegner stehn die Zwei,
Robin empfand bald, wie gewandt
Der Feind in Hieben sei.

Sie zogen das Schwert und fochten fort
Ein Stünblein, wenn nicht mehr,
Bis Blut ihm dicht rann über's Gesicht
Und sie verwundet war schwer.

„Halt ein, halt ein!" rief Robin Hood,
„Sei meiner Schaar ein Glied,
Leb' in Waldeshut mit Robin Hood
Beim Nachtigallenlied."

Marian, als sie die Stimme hört,
Wirft die Verkleidung fort,
Mit holdem Gruß, mit süßem Kuß
Erwiedert sie sein Wort.

Als Robin seine Marian sah,
Herr Gott, welch seliger Tag!
Ein endlos Umfangen, ein Streicheln der Wangen,
Und dann welch herrlich Gelag!

Klein John, den Bogen flink zur Hand,
Durchstreift die Waldesbahn,
Er geht zur Pirsch auf den leckern Hirsch
Für Robin und Marian.

In grüner Schattenlaube stand
Ein köstlich Mahl bereit,
Mit Wildpret zart ward nicht gespart
Und nicht mit Lustbarkeit.

Am Tisch die großen Humpen voll Wein
Sie kreisten fröhlich im Rund,
Der stärkende Sekt, der die Rücken streckt,
Wenn Kniee sich senken zum Grund.

Jetzt hob auf der Geliebten Heil
Robin sein Glas empor,
Die Schützenschaar, so bunt sie war,
Stimmt freudig ein im Chor.

Mit muntrem Sinn erhoben sie
Die Becher all zur Hand,
Nach jedem Zug sind sie im Flug
Gefüllt bis an den Rand.

Und nach dem Fest luftwallten sie
Im grünen Wald auf's Neu,
Allwo Klein John und Maid Marion
Lang dienten Robin treu.

So lebten sie voll Fröhlichkeit
In luftiger Schützenschaar
Wohl ohne Land von der eignen Hand,
Und lebten so manch Jahr.

Robin Hood und der Töpfer.

1.

Im Sommer, wenn das Laub so frisch,
Voll Blüthen jeder Ast,
Gar lustig tönt der Vöglein Sang
In schattiger Waldesrast.

Der Besten Einer war Robin,
Die Bogen je gestrammt;
Zu Ehren unsrer lieben Frau
Ehrt' er die Fraun allsammt.

Der Freisaß gut stand eines Tags
In seiner lustigen Schaar,
Da nahm er auf dem Weg vom Feld
'nen stolzen Töpfer wahr.

Er rief: „Dort kommt ein Töpfer stolz,
Der lang den Weg schon zieht,
Doch einen Penny Wegezolls
Mit Art zu zahlen flieht."

„„Ich traf zu Wentbreg ihn,"" sprach John,
„„Verdammt sei er dafür,
Er gab mir Rippenstöße drei,
Daß ich sie heut noch spür'!

„„Um vierzig Schilling wett' ich euch,
Und zahl' sie diesen Tag,
Daß Keiner von uns allen ihm
Ein Pfand entringen mag.""

„Hier vierzig Schilling!" rief Robin,
„Du sagst noch diesen Tag,
Daß ich dem stolzen Töpfer wohl
Ein Pfand entringen mag."

Aufzählten jetzt das Geld allbeid',
Ein Schütz' bewahrt es auf;
Dem Töpfersmann entgegen eilt
Robin in flinkem Lauf.

Er legt die Hand jetzt auf sein Pferd,
Und heißt ihn stehn zur Stell';
Der Töpfer fragt mit kurzem Wort:
„„Was willst von mir, Gesell?""

„Drei Jahre, Töpfer, sind's und mehr,
Daß du den Weg hier ziehst,
Und einen Penny Wegezolls
Mit Art zu zahlen fliehst."

Der Töpfer frug: „„Wie heißest du,
Der du nach Wegzoll fragst?""
„Mein Nam' ist Robin Hood, dem du
Ein Pfand wohl nicht versagst."

Der Töpfer rief: „„Ich geb' kein Pfand,
Noch zahl' ich Wegezoll;
Die Hand hinweg von meinem Gaul,
Wenn dich's nicht reuen soll!""

Zu seinem Karren trat er dann
Und suchte drin nicht lang,
Zog eine tüchtige Stange draus,
Die auf Robin er schwang.

Den Arm geschützt von seinem Schild
Zückt Robin jetzt das Schwert,
Der Töpfersmann ging auf ihn los:
„„Gesell, gib frei mein Pferd!""

So trafen die zwei Männer sich,
Ein Anblick schön zu sehn!
Am Hügel unter einem Baum
Die Leute Robins stehn.

Klein John zu den Genossen sprach:
„Der Töpfer hält gut Stand!"
Da schlug der Töpfer raschen Hiebs
Den Schild aus Robins Hand.

Bevor Robin, zum Grund gebückt,
Aufheben kann den Schild,
Packt ihn der Töpfer beim Genick
Und wirft ihn auf's Gefild.

Das sah von ferne Robins Schaar,
Die in den Schatten stand;
Da rief Klein John: „Dem Meister helft
Aus jenes Töpfers Hand!"

Da fliegt die ganze Schützenschaar
Herbei so schnell sie kann;
Klein John doch frägt: „Nun, Meister, sprich,
Wer unsre Wett' gewann?

„Sind meine vierzig Schilling dein,
Sind deine vierzig mein?"
„„Und wären's hundert,"" rief Robin,
„„Fürwahr, sie all' sind dein!""

Der Töpfer sprach: „Nicht ist's Manier,
So meinen weise Leut',
Daß arme Sassen auf dem Weg
Man aufhält und bedräut."

„„Traun, du sprichst Wahrheit,"" rief Robin,
„„Nach guter Freimannsart!
Nie mehr, und zögst du täglich hier,
Bedräu' ich deine Fahrt!

„„Mich treibt's, nach Nottingham zu gehn,
Willst du mein Helfer sein?
Gib mir dein Kleid, nimm mein's dafür,
Komm, geh' den Handel ein!""

„Gern brächt' ich dir," der Töpfer sprach's,
„Als guter Kundmann Glück;
Verkaufst die Töpfe du nicht gut,
Kehr', wie du gehst, zurück."

„„Nein, meiner Treu,"" versetzt Robin,
„„Zum Pfand geb' ich den Kopf,
So wahr ein Weib noch Töpfe kauft,
Zurück kommt dir kein Topf!""

„Bedenk'," rief John und rings die Schaar,
„Der Sheriff ist dir gram!"
„„Umsonst! Im Schutz der heiligen Maid
Zieh ich nach Nottingham.""

So sprach Robin und zog ins Land
Froh mit der Töpferwaar';
Der Töpfer ließ sich's wohl ergehn
Im Wald mit Robins Schaar.

2

Als Robin kam nach Nottingham,
Die Wahrheit künd' ich treu,
Sein Pferd spannt er vom Wagen aus,
Gibt Hafer ihm und Heu.

Er stellt im Mittelpunkt der Stadt
Zur Schau die Waaren auf;
„Kauft Töpfe! Töpfe!" schrie er laut,
„Gebt Handgeld auf den Kauf!"

Gerade vor des Sheriffs Haus
Er seinen Standort nahm,
Und Fraun und Wittwen drängten sich
Zu kaufen seinen Kram.

„Wohlfeile Töpfe!" schrie er laut,
„Hier stehn ist nicht mein Hang!"
Da sprach, wer ihn jetzt sah: „„Der Mann
Treibt das Gewerb' nicht lang!""

Die Töpfe, die fünf Pence wohl werth,
Gibt er um drei sogleich;
Und Mann und Weib stimmt überein:
„Der Töpfer wird nicht reich!"

Anastasius Grün, Robin Hood.   6

So blieben von den Waaren all'
Fünf Töpfe noch zur Schau;
Er nimmt vom Wagen die und schickt
Sie an des Sheriffs Frau.

Die Frau sagt' ihm gar schönen Dank
Und war unmaßen froh:
„Gern kauf' ich, wenn ihr wiederkehrt,
Von euren Töpfen so."

Er rief: „„Die besten sind für euch,
Schwör's beim dreieinigen Gott!""
Sie lud ihn in des Sheriffs Haus
Mit Art zum Mittagsbrot.

Als Robin in die Halle trat,
Den Sheriff traf er hier,
Der Töpfer kennt die Lebensart
Und grüßt ihn mit Manier.

„Seht, was der Töpfer uns verehrt,
Fünf Töpfe, breit' und schmal'!"
„„Willkommen!"" sprach der Sheriff, „„Nehmt
Handwasser und dann zum Mahl!""

Sie saßen dort bei edler Kost,
Dran sich der Gaum erfreut;
Da sprach von einem Wettspiel groß
Ein Paar der Sheriffsleut'.

Von einem Schießen gut und fein,
Bestimmt für nächsten Tag;
Und vierzig Schilling stehn als Preis
Für den der siegen mag.

Der stolze Töpfer saß ganz still,
Im Sinn doch blieb's ihm stehn:
„So wahr ein guter Christ ich bin,
Dieß Schießen muß ich sehn!“

Als sie bei Brot und Ale und Wein
Getafelt gute Zeit,
Mit Pfeil und Bogen machten sie
Zum Schießen sich bereit.

Des Sheriffs Leute schoßen gut,
Wie's guter Schützen Spiel,
Doch blieb um halbe Bogenläng'
Ein jeder fern vom Ziel.

Der Töpfer, der bisher ganz still,
Rief jetzt schier mit Verdruß:
„O hätt' ich einen Bogen nur,
Ich zeigt' euch einen Schuß!“

„„Ihn haben sollst!““ der Sheriff sprach's,
„„Den besten wähl' aus drei'n!
Du scheinst ein stolzer, tüchtiger Bursch',
Erprobt nun sollst du sein.““

Nach Bogen schickt' er einen Mann
Der ihm zur Seite stand,
Davon den besten jetzt Robin
Mit einer Schnur bespannt.

„„Laß sehn, ob du, wie's Schützen ziemt,
Bringst bis an's Ohr die Schnur?""
Der Töpfer rief: „So Gott mir helf',
Ein Kinderspiel ist's nur!"

Er nahm aus einem Köcher dann
Den besten Pfeil zum Schuß,
Der flog ganz nah zum Zeichen hin,
Es fehlte nicht ein Fuß.

Noch schießen all die Sheriffsleut'
Und Robin nach der Reih',
Er trifft das Ziel, sein Bolzen schießt
Den Scheibenpflock entzwei.

Da schämten sich die Sheriffsleut',
Daß der den Preis gewann;
Der Sheriff lacht und macht gut Spiel:
„Du Töpfer bist ein Mann!"

Der Töpfer sprach: „„Ein Bogen liegt
In meines Karrens Hut;
Das ist ein guter Bogen, traun,
Hab' ihn von Robin Hood!""

„Kennst Robin Hood?" der Sheriff frug,
„Bitt' dich, erzähl' davon."
„„Ich schoß mit ihm am krummen Baum
Zu hundertmalen schon.""

„Gern gäb' ich hundert Pfund, ich schwör's
Bei dem dreieinigen Gott,
Den Schelm hier neben mir zu sehn;
Der Preis wär' mir ein Spott!"

Der Töpfer sprach: „„Thut, wie ich rath'!
Wollt kühn ihr mit mir gehn,
Sollt morgen vor dem Frühmahl noch
Den Robin Hood ihr sehn.""

Der Sheriff schwur: „So will ich thun
Bei dem dreieinigen Gott!"
Drauf gingen sie vom Schießen fort
Heimwärts zum Abendbrot.

Frühmorgens wie der Tag beginnt,
Bereit sind Mann und Pferd,
Der Töpfer blieb' ungern zurück,
Und rüstet sein Gefährt.

Er sagt Lebwohl und Dank der Frau
Für all' was er empfing:
„„Nehmt, holde Frau, und mir zu lieb.
Tragt diesen goldnen Ring.""

„Vergelt' euch's Gott!" die Fraue rief,
„Und mög' euch's wohl ergehn!"
Des Sheriffs Herz war freudenvoll
Den schönen Wald zu sehn.

Und als sie kamen in den Wald
Von grünem Laub umlacht,
Im Busch die Vöglein sangen froh,
Das war nur Lust und Pracht!

„„Hier lebt sich's fröhlich,"" sprach Robin,
„„Wenn man zu zehren hat!
Mein Horn sag' uns, ob Robin Hood
Unfern von unsrem Pfad.""

Robin setzt an den Mund sein Horn,
Das tönt so laut und voll,
Im Walde hören's seine Leut'
Und rennen her wie toll.

Und als sie rings um ihn gereiht,
Klein John sogleich hob an:
„Nun sagt, wie ging's in Nottingham?
Ging eure Waar' an Mann?"

„„Es wachse dir,"" versetzt Robin,
„„Darob kein graues Haar;
Ich bringe hier den Sheriff euch
Zum Tausch für unsre Waar'.""

„Er ist willkommen!" sprach Klein John,
„Du gibst uns Gutes kund!"
Jetzt gäb', daß er ihn nie gesehn,
Der Sheriff hundert Pfund:

„„Hätt' ich in Nottingham gewußt,
Was jetzt mir worden klar,
Du kämst mir nicht mehr in den Wald
Die nächsten tausend Jahr'!""

„Das glaub ich gern!" versetzt Robin,
„Gott dank' ich, daß ich hier!
Drum sollt ihr lassen uns das Pferd,
Und Börs' und Goldeszier."

„Ihr kamt hieher gar stolz zu Roß,
Heim sollt ihr gehn zu Fuß;
Doch eure Frau ist lieb und gut,
Drum bringt ihr meinen Gruß.

„Den weißen Zelter send' ich ihr,
Der wie der Wind hin flieht;
Nur eurer lieben Frau zu lieb
Nicht Schlimmres euch geschieht."

Als heimwärts dann der Sheriff kam,
Willkommen hieß sie ihn:
„„Wie lebtet ihr im grünen Wald?
Und fingt ihr den Robin?""

„Zum Teufel ihn mit Haut und Haar!
Er nahm mir Geld und Hab';
Nur diesen schmucken Zelter schickt
Er dir als Ehrengab'."

Sie lacht hellauf und schwört bei Ihm,
Den einst das Kreuz beschwert:
„„Ihr habt die Töpfe nun bezahlt,
Die Robin mir verehrt!""

Im Wald zum Töpfer sprach Robin:
„Nun schätze deine Waar'!"
Der sprach: „„Man gäbe wohl dafür
Zwei Nobelstücke baar.""

„Nimm hier zehn Pfund," sprach Robin Hood
„In Münzen gut und fein!
Und wann du kommst zum grünen Wald,
Willkommen sollst du sein!"

Robin Hoods Kirchengang.

Im Sommer wenn der Hain sich schmückt,
Die Blätter breit und lang,
Ist's eine Lust zu lauschen dort
Im Wald dem Vogelsang;

Zu sehn, wie vom Gebirg herab
Zu Thal die Hindin zieht
Und unterm grünen Waldesbaum
In kühlen Schatten flieht.

Es fiel auf Pfingsten=Sonntag früh,
An einem Maientag,
Die Sonne stieg in Glanz empor,
Froh klang der Vögel Schlag.

„Ein froher Morgen!" rief Klein John,
„So wahr uns Christ befreit!
So froh wie ich ist schier kein Mann
In aller Christenheit!

„Auf, theurer Meister, frohen Sinns
Und freud'gen Herzens sei!
Genieß' die Wonn und Herrlichkeit
Der Morgenstund' im Mai."

„„Mich schmerzt das Eine,"" sprach Robin,
„„Und füllt mein Herz mit Weh,
Daß ich an solchem Festtag nicht
Zu Mett' und Hochamt geh'.

„„Seit ich zuletzt im Haus des Herrn,
Zwei Wochen sind's, auch drei,
Doch heut will ich nach Nottingham,
Steht mir die Jungfrau bei.""

„Zwölf Männer nimm in Waffen mit!"
Warnt Much, des Müllers Sohn;
„Wer sich an dich, den Einzlen, wagt,
Spricht doch nicht Zwölfen Hohn."

„„Nicht Einen brauch ich,"" rief Robin,
„„Bleibt all' daheim, ihr Leut!
Klein John nur meinen Bogen trag',
Bis mich's zu schießen freut.""

„Trag deinen Bogen selbst," sprach John,
„Wie ich den meinen trag;
Laß um den Penny schießen uns
Zur Wett' im grünen Hag."

„„Nicht gelt' ein Penny,"" sprach Robin,
„„Als Wettpreis für uns zwei;
Denn jedem Penny, den du hältst,
Entgegen setz' ich drei!""

So schoßen sie auf Aft und Strauch,
Und schoßen immer zu,
Bis John fünf Schilling schon gewann,
Grad recht auf Strümpf' und Schuh.

Drob kam es unterwegs zum Streit,
Bis Beide sich entzwein;
Klein John der prahlt mit seinem Sieg,
Robin sagt kurzweg: nein!

„„Das lügst du,"" sprach Robin zu John
Und schlug ihn mit der Hand,
Da zog Klein John sein blankes Schwert,
Vom Jähzorn übermannt.

„Wärst du mein Meister nicht," rief John,
„Du büßtest mir's gar schwer;
Such' dir den Dienstmann wo du willst,
Mich hältst du nimmermehr!"

So zog Robin gen Nottingham
Trübselig ganz allein,
Klein John strich auf bekanntem Pfad
Gen Sherwoods Forst waldein.

Robin ging frei nach Nottingham,
Da betet er mit Brunst,
Daß ihn auch heimführ' heiler Haut
Gott und der Jungfrau Gunst.

Er knie't in der Marieenkirch'
Zum Kreuz am Hochaltar,
Daß alles Volk ihn konnte sehn,
Das in der Kirche war.

Ein Mönch (den Dickkopf strafe Gott!)
An seiner Seite stand,
Der hat, so wie er ihn erblickt,
Alsbald Robin erkannt.

Der Mönch nun rannt' in aller Hast
Hinaus zur Kirchenthür
Und ließ ganz Nottingham die Stadt
Versperren für und für.

„Auf! stolzer Sheriff, mach dich auf!
Des Königs Feind ist da!
Mein eignes Aug hier in der Stadt
Den falschen Schelm ersah;

„Mein eignes Aug sah bei der Meß
Ihn stehn im Gotteshaus,
Doch diesmal ist's um ihn geschehn,
Jetzt kommt er uns nicht aus.

„Der Bösewicht heißt Robin Hood
Und wohnt im grünen Wald;
Er raubte mir einst hundert Pfund,
Vergeß ihm's nicht so bald!"

Hin zieht der Sheriff und mit ihm
Gar mancher Mutter Sohn;
Sie drangen in die Kirchenhall'
Und ihre Knüttel drohn.

„Ach, dich vermiß ich jetzt, Klein John!"
Seufzt Robin hartbedrängt,
Er zieht sein doppelhändig Schwert,
Das bis ans Knie ihm hängt.

Und dreimal drängt er auf den Troß,
Wo er am dichtsten war,
Verwundet mancher Mutter Sohn,
Und tödtet zwölf der Schaar.

Doch an des Sheriffs Kopf zersprang
Das Schwert in Robins Arm;
„Den Schmied, der dich geschmiedet hat,
Den schlage Gott mit Harm!

„Nun bin ich wehr= und waffenlos!
Den Willen beugt die Noth;
Entkomm' ich diesen Schurken nicht,
So ist's gewiß mein Tod."

Als Robins Volk die Nachricht hört,
Zur Kirche läuft's hinein,
Manch Einer fällt wie leblos um,
Und liegt erstarrt zum Stein.

Sie waren wie von Sinnen all'
Bis auf Klein John, der sprach:
„Jetzt wo es gälte herzhaft sein,
Euch so zu sehn, o Schmach!

„Der Meister, oft schon in Gefahr,
Entkam stets ungekränkt;
Wohlan, ermuntert euer Herz
Und meiner Worte denkt!

„Er diente stets der heil'gen Magd,
Wird dienen ihr allzeit,
Drum bau ich drauf, daß ihn ihr Schutz
Von schnödem Tod befreit.

„Seid heitren Sinns und frohen Muths
Und lasset Klag und Leid!
Dem Mönche weis' ich seinen Weg
Mit Hülf' der reinen Maid.

„Entfernt euch nicht von unsrem Baum,
Dort an dem schmalen Hang,
Und sorgt derweil für edles Wild,
Das streicht dies Thal entlang."

So hat Klein John mit Much allein
Sich auf den Weg gemacht
Und blieb im Elternhaus des Much,
Der Heerstraß nah, zu Nacht.

Am Fenster stand des Morgens John
Und blickt' in's Land hinein;
Des Wegs geritten kam der Mönch,
Mit ihm ein Page klein.

„Bei meiner Treu," sprach John zu Much,
„Ich sag dir Zeitung gut,
Den Mönch erblick' ich, reitend her,
Ich kenn' den weißen Hut."

Entgegen gehn dem Mönch die Zwei
Mit Art und Höflichkeit,
Und fragen ihn nach neuer Mähr,
Wie Freund' aus alter Zeit.

„Woher des Weges?" frug Klein John,
„Erzählt uns neue Ding'
Von einem Schelm, der Robin heißt,
Und den man gestern fing.

„Um zwanzig Mark hat er beraubt
Einst mich und meine Leut',
Und ist der schnöde Wicht in Haft,
O wie das uns erfreut!"

„„Auch mich bestahl er,"" sprach der Mönch,
„„Um hundert Pfund und mehr;
Der erste legt' ich Hand an ihn,
Ihr könnt mir danken sehr.""

„Vergelte Gott euch's," rief Klein John,
„Wie wir euch's gern gethan!
Ist's euch genehm, ziehn wir mit euch,
Geleitend eure Bahn.

„Denn Robin hat gar wildes Volk,
Glaubt mir, ich spreche wahr,
Und wüßt' es, daß ihr reitet hier,
Es bräct' euch Todsgefahr."

Und wie sie im Gespräche so
Dahin des Weges gehn,
Des Mönches Pferd faßt John am Zaum
Und macht es plötzlich stehn.

Des Mönches Pferd faßt John am Zaum
Fürwahr, wie ich euch sag',
So faßt auch Much des Pagen Pferd,
Daß den's nicht weiter trag'.

Am Kragen faßt' und riß Klein John
Den Mönch herab zur Flur,
Mit wenig Ehrfurcht warf er ihn
Auf's Haupt sammt der Tonsur.

So zornentflammt war da Klein John,
Daß hoch sein Schwert er schwang;
Der Mönch ersah sein nahes End'
Und schrie um Gnade bang.

„Mein Meister war es," rief Klein John,
„Den du ins Elend warfst,
Doch nimmer unserm König du
Die Botschaft bringen darfst!"

John hieb des Mönches Haupt herab,
Da war's mit dem vorbei,
Much that dem kleinen Pagen so,
Daß der auch schweigsam sei.

Dann gruben sie die Todten ein
In Moos und Heide tief;
Zum König trugen John und Much
Vereint des Sheriffs Brief.

Und als Klein John zum König kam,
Beugt' er das Knie sogleich:
„Erhalte Gott euch, hoher Herr,
Christ segn' euch gnadenreich!"

Der Fürst erbrach und las den Brief:
„„So wahr wir Heil erflehn!
Im lust'gen England ist kein Mann,
Den ich so gern gesehn!

„„Der Mönch, der diesen Brief gebracht,
O sagt mir, wo er weilt?""
„Traun, auf der Reise," sprach Klein John,
Hat ihn der Tod ereilt."

Der König huldvoll zwanzig Pfund
Den Beiden schenken hieß,
Ernannt' als Königsschützen sie
Und gnädig sie entließ.

Er gab an John sein Siegel auch,
Dem Sheriff sandt' er's zu,
Daß man ihm bringe Robin Hood
Doch Niemand Leids ihm thu'.

In Nottingham das Stadtthor fand
Klein John verschlossen fest,
Er rief den Pförtner, der nicht lang
Auf Antwort harren läßt.

„Was hältst du so die Stadt versperrt?"
Klein John zum Pförtner rief;
Der Pförtner drauf: „„Weil Robin Hood
Hier liegt im Kerker tief.

„„Und John und Much und Will Skablock,
Fürwahr, wie ich euch sag,
Sie tödten unsre Leut am Wall,
Und necken uns alltag.""

Zuerst den Sheriff sucht Klein John,
Der sich gar schleunig fand;
Des Königs Siegel zeigt er ihm
Und legt's in seine Hand.

Als das Sigill der Sheriff sah,
Den Hut gleich zog er ab:
„„Wo blieb der Mönch, dem ich den Brief.
An unsern König gab?““

„Des Königs Gunst schenkt' ihm,“ sprach John,
Ein Loos ganz sorgenfrei,
Er macht' ihn zu Westminsters Abt,
Zum Lord von der Abtei.“

Der Sheriff gab ein Mahl den Zwein,
Den besten Wein dazu,
Des Abends gingen sie zu Bett
Und Jedermann zur Ruh.

Und als von Wein und Bier berauscht
Der Sheriff lag im Traum,
Da stiegen sie, Klein John und Much,
Hinab zum Kerkerraum.

Klein John der rief den Schließer auf:
„Vom Bett raff' dich empor!
Denn durchgebrochen ist Robin,
Entwischt hinaus zum Thor.“

Der Schließer springt vom Lager auf
Sobald er hört den Ton;
Doch rasch mit seinem Schwerte spießt
Ihn an die Wand Klein John.

„Nun will ich Pförtner sein," sprach John,
„Die Schlüssel in der Hand."
Zu Robin Hood lenkt er den Schritt
Und löst sein Fesselband.

Er reicht ein gutes Schwert ihm dar,
Sein Haupt zu schirmen frei;
Und wo die Mauer nicht zu hoch,
Entspringen alle drei.

Da hob der Hahn zu krähen an,
Die Nacht begann zu fliehn;
Der Sheriff fand den Schließer todt,
Lärmglocken ließ er ziehn.

Und rufen ließ er's durch die Stadt:
„Knecht oder Freier sei's,
Wer mir den Robin bringt zurück,
Empfängt gar hohen Preis!

„Denn nimmer wieder darf ich sonst
Dem König vor's Gesicht,
Und wollt' ich's wagen, sicherlich
Dem Strick entging' ich nicht."

Der Sheriff sucht in Haus und Stall,
Durchsucht die ganze Stadt;
In Sherwood doch war Robin längst,
Frisch wie am Baum das Blatt.

Da sprach Klein John zu Robin Hood:
„„Mit einem guten Streich
Hab' ich den schlechten dir bezahlt:
Kannst du's, so thu mir's gleich!

„„Mit gutem Streich hab' ich bezahlt
Den schlechten, wie ich's sag',
Hab' dich gebracht zum grünen Wald, —
Fahr wohl und guten Tag!""

„Nein, meiner Treu," sprach Robin Hood,
„So darf es nicht geschehn!
Du sollst der Meister sein von mir
Und allen, die hier stehn."

„„Nein, meiner Treu,"" versetzt Klein John,
„„So komm' es nimmermehr!
Ich bleib euch ein Genosse gut,
Sonst hab' ich kein Begehr.""

Als Robins Volk den Meister sah,
Da ward es freudenvoll,
Da gab's ein Fest, das Wildpret dampft'
Und Wein in Fülle quoll.

Die Nachricht kam zum König auch,
Wie Robin Hood entwich,
Da sagte unser Fürst und Herr,
Er sagt' es ärgerlich:

„Den Sheriff hat Klein-John geprellt,
Auch mich geprellt hat John;
Er prellt' uns beide, sonst fürwahr
Der Sheriff hinge schon!

„Zum Königsschützen macht' ich ihn,
Beschenkt von meiner Hand;
Ich gab ihm Gruß und frei Geleit
Durch all mein Engelland.

„Ich gab ihm Gruß und frei Geleit,
So wahr wir Heil erflehn!
Traun, in ganz England sind ihm gleich
Drei Männer nicht zu sehn!

„Treu seinem Meister ist Klein John,
Liebt mehr ihn als uns all';
Doch lassen wir jetzt dies Gespräch,
Es hat nicht guten Schall."

Robin Hood und Guy von Gisborne.

Wenn grün und sonnig Busch und Flur,
Die Blätter breit und lang,
Ist's lustig durch den Wald zu gehn,
Erfüllt vom Vogelsang.

Waldbrossel sang und hielt nicht ein,
Sie sang so laut vom Ast,
Daß Robin Hood im grünen Wald
Erwacht aus seiner Rast.

„Nun, meiner Treu," sprach Robin Hood,
„Ein Traum ward mir heut Nacht
Von zwei Freisassen flink, die mich
In heißen Kampf gebracht.

„Sie schlugen mich, sie banden mich,
Mein Bogen ward geraubt,
So wahr Robin im Land noch lebt,
Sie büßen's noch, das glaubt!"

„„Es fliehn die Träume,"" sprach Klein John,
„„Wie Wind um Hügel streicht,
So laut er stürmte Nachts, doch schweigt
Er Morgens still vielleicht.""

„Wohlauf, wohlan, ihr muntern Leut,
Klein John soll mit mir gehn,
Ob wir die zwei Freisassen flink
Im grünen Wald erspähn?"

Sie nahmen um die Mäntel grün,
Die Bogen an die Seit';
So schritten sie den Wald hinein
Zum Schießen wohlbereit,

Bis ihrem Lieblingsplatz sie nah
Im grünen Waldesraum;
Da sahn sie einen Freisaß flink
Gelehnt an einen Baum.

Er trug am Gürtel Schwert und Dolch,
Den Tod von manchem Mann,
Sein Kleid war eines Rosses Fell
Mit Schweif und Mähne dran.

„„Hier, Meister, unterm grünen Baum,""
Sprach John, „„hier haltet still,
Derweil ich geh, den Freisaß flink
Zu fragen was er will?""

„O John, du denkst gering von mir
Und sprichst gar wunderlich!
Wann sandt' ich je mein Volk voraus,
Indeß ich hinten schlich?

„Es ist nicht schwer, am bloßen Wort
Erkennen Knecht und Herrn,
Und spräng' entzwei mein Bogen nicht,
Den Kopf dir bräch' ich gern!"

Ein Wort hat Unheil oft gebracht,
So schied Robin von John;
Der macht' auf wohlbekanntem Pfad
Waldeinwärts sich davon.

Doch als er kam nach Barnesdal',
Groß Leid ihm widerfuhr,
Denn zwei Genossen fand er da
Erschlagen auf der Flur;

Und Skarlett war auf flücht'gem Fuß,
Der lief durch Stock und Stein,
Es lief mit hundert vierzig Mann
Der Sheriff hinterdrein.

„„Jetzt schieß' ich einen Schuß,"" sprach John,
„„So Gott mir helfen will;
Der Sheriff, der so schnell jetzt rennt,
Er hält dann gerne still.""

Den langen Bogen spannte John
Und richtet' ihn zum Schuß,
Der Bogen war von schwachem Ast
Und fiel ihm vor den Fuß.

„„Weh dir, du jämmerliches Holz,
Daß du dem Wald entstammt!
Grab heut' wo du mein Trost sein sollst,
Zum Unglück mir verdammt!"“

Der Schuß war nur ein matter Schuß,
Doch fand der Pfeil ein Ziel,
Traf Einen aus des Sheriffs Volk,
Und William Trent der fiel.

Dem William wär's ein beßres Loos,
Wenn krank im Bett er läg',
Als daß er lief durch grünen Wald
Johns Pfeilen in den Weg!

Fünf Männer wiegen mehr als drei,
Der Spruch ist allbekannt;
Der Sheriff fing Klein John und fest
An einen Baum ihn band:

„Du wirst geschleift zu Berg und Thal
Am Hügel dann gehenkt!"
„„Vielleicht auch nicht!"“ versetzt Klein John,
„„Wenn Christ es anders lenkt.""

Nun lassen wir den kleinen John,
Für Robin mach' er Raum,
Wie dieser kam zum Freisaß flink,
Der dort noch lehnt' am Baum.

„Ei, guten Morgen, Kamerad!"
So sprach jetzt Robin Hood,
„Mir sagt der Bogen, den du führst,
Daß du ein Schütze gut."

Der Freisaß sprach: „„Ich bin verirrt
An Weg und Tageszeit.""
„Ich geb' im Wald dir," sprach Robin,
„Als Führer das Geleit."

„„Ich suche einen Vogelfrei'n,
Man nennt ihn Robin Hood,
Und fänd' ich ihn, mir lieber wär's
Als vierzig Pfunde gut.""

„Nun, flinker Freisaß, komm mit mir,
Den Robin siehst du bald,
Doch suchen wir erst Zeitvertreib
Uns hier im grünen Wald.

„Und proben wir Geschick und Glück
Hier auf dem Waldesplan,
Der Robin tritt uns in die Quer
Vielleicht, eh' wir's versahn."

Zwei Jahrestriebe schnitten sie
Vom Hagebuttenstrauch,
Und steckten sechzig Ruthen weit
Das Ziel nach Schützenbrauch.

„Beginn, Geselle," sprach Robin,
„Den Schuß dir räum' ich ein."
„„Nein, wahrlich, nein!"" der Freisaß drauf,
„„Du sollst mein Vormann sein.""

Zuerst schoß Robin nach dem Ziel,
Nicht fehlt' er fingersdicht;
Der Freisaß war ein Schütze gut,
Ihm gleich doch that er's nicht.

Der Freisaß that den zweiten Schuß,
Er traf wohl in den Kreis,
Doch Robin traf viel besser noch,
Er schoß entzwei das Reis.

„„Gott segne dich!"" der Freisaß rief,
„„Gesell, dein Schuß ist gut,
Bist, wenn das Herz gut wie die Hand,
Mehr werth als Robin Hood.

„„Nun sag mir deinen Namen, Freund,
Am Lindenbaum allhier.""
„Nein, wahrlich, nein!" versetzt Robin,
„Erst sag den deinen mir."

Der Freisaß sprach: „„Ich wohn' im Thal,
Robin zu fahn ich schwur,
Wer recht den Namen kennt, der nennt
Guy von Gisborn' mich nur.""

„Ich wohn' im Wald hier," sprach Robin,
„Und bin vor dir nicht bang,
Bin Robin Hood von Barnesdal',
Den du gesucht so lang."

Wer nicht verwandt, bekannt den Zwein,
Für den war's schön zu sehn
Wie sie mit Klingen hell und blank
Im Kampf zu Leib sich gehn;

Wie sie zwei Stunden fochten fort
An einem Sommertag,
Nicht Robin Hood und nicht Sir Guy
Wich oder unterlag.

Robin sah eine Wurzel nicht,
Die macht' ihn straucheln jetzt,
Und Guy hat rasch und flink den Hieb
Von seitwärts ihm versetzt.

„Liebfraue du," rief Robin Hood,
„Die Mutter bist und Maid,
Es war noch keines Manns Geschick
Zu sterben vor der Zeit."

Robin dacht' unsrer lieben Frau
Und sprang empor sogleich,
Er führte solch gewalt'gen Hieb,
Sir Guy fiel todt vom Streich.

Er faßt am Haar das Haupt Sir Guy's,
Steckt's an den Bogenknauf:
„Du warst ein Schelm dein Lebetag,
Das hör' nun endlich auf."

Er zog ein irisch Messer vor
Und kerbt' ihm das Gesicht;
Den, der dieß Haupt erkennen mag,
Gebar das Weib noch nicht:

„Da lieg' nun, liege nun, Sir Guy,
Und wünsche mir kein Leid;
Empfingst die schlimmern Streiche du,
Nimm nun das beßre Kleid."

Den grünen Mantel legt' er ab
Und hüllt Sir Guy darein,
Dann steckt er in die Roßhaut sich
Vom Haupt hinab zum Bein.

„Dein Bogen, Pfeil und kleines Horn
In meinen Händen bleibt;
Ich will nach Barnesdal', zu sehn
Was meine Schaar dort treibt."

Das Horn Sir Guy's führt' er zum Mund
Und blies, daß laut es klang,
Das hört der Sheriff Nottinghams,
Gelehnt am Bergeshang.

„„Horch,"" rief der Sheriff,"" horch, mir klingt
Botschaft von bestem Schall!
Ich hör's, dort stößt Sir Guy in's Horn,
Das kündet Robins Fall.

„„Ich hör's, dort stößt Sir Guy in's Horn,
Es schallt so schön zur Zeit;
Dort kommt er selbst, der Freisaß flink,
In seinem Roßfellkleid.

„„Komm her, Sir Guy, du Wackrer, komm,
Nimm was du willst von mir!""
„Ich will dein Gold nicht," sprach Robin,
„Will keinen Lohn von dir.

„Doch da erschlagen ich den Herrn,
Laß mich's auch thun dem Knecht,
Dies sei mein Preis und Lohn allein,
Kein andrer käm' mir recht."

Der Sheriff rief: „„Du bist ein Narr!
Dir ziemte Ritters Lohn;
Doch weil so mäßig dein Begehr,
So ist's bewilligt schon.""

Klein John hört seines Meisters Stimm'
Und weiß, sein Glücksstern lacht:
„Nun werd' ich frei," so rief er froh,
„Mit Christi Gnad' und Macht!"

Und Robin fliegt zum kleinen John,
Ihn eilig zu befrein,
Der Sheriff mit dem ganzen Troß
Folgt haftig hinterdrein.

„Zurück, zurück!" rief Robin Hood,
„Welch tolles Drängen auch!
Zu hören eines Andern Beicht'
War hier zu Land nie Brauch."

Ein irisch Messer zog Robin,
Löst John an Arm und Bein,
Und reicht den Bogen ihm Sir Guy's,
Der soll sein Retter sein.

John nahm den Bogen Guy's zur Hand,
Die Bolzen auch und Pfeil',
Der Sheriff sah, wie er ihn spannt',
Und sucht' im Fliehn sein Heil.

Er lief nach Haus gen Nottingham,
Wie er noch nie gerannt,
Und so that seine ganze Schaar,
Da hielt nicht Einer Stand.

Doch konnt' er laufen nicht so schnell,
Nicht reiten so in Eil,
Klein John mit breitem Bolzen traf
Ihn noch ins Hintertheil.

Robin Hood und der Bischof.

Es war ein Tag voll Sonnenschein,
Wohl um die Morgenzeit,
Und Robin Hood der Schütze gut
Gestimmt zur Fröhlichkeit.

Doch als er Kurzweil zu ersehn
Dahin schritt durch das Holz,
Ward er gewahr des Bischofs Schaar
Und auch den Bischof stolz.

„Was ist zu thun," sprach Robin Hood,
„Wenn mich der Bischof fängt?
Erbarmungslos fällt dann mein Loos,
Ich weiß, daß er mich hängt."

Flink wendet sich Robin und sieht
Ein Häuschen auf dem Plan,
Ein altes Weib für seinen Leib
Um Rettung ruft er an.

„„Wer bist du?"" frug das Mütterlein,
„„Gib mir's in Lieb' bekannt.""
„Ich bin ein Mann in Acht und Bann,
Bin Robin Hood genannt.

„Dort ist der Bischof und sein Volk;
Und wenn man jetzt mich fängt,
Hält Tag und Nacht er mich bewacht,
Bis man zum Schluß mich hängt."

„„Bist du Robin,"" sprach drauf das Weib,
„„Wie mir's erscheint als wahr,
So schütz' ich dich, so berg' ich dich
Vor ihm und seiner Schaar.

„„Noch denk' ich an Sonnabends Nacht,
Du gabst mir Strümpf' und Schuh;
Drum schütz' ich dich und berge dich,
Schaff' dir vor Feinden Ruh.""

„So gib mir schnell dein grau Gewand,
Nimm meinen Mantel grün;
Gib Spindel und Garn mir in den Arm,
Nimm meine Pfeile kühn."

So angethan kehrt Robin Hood
Zu seiner Schaar zurück,
Mit Spindel und Garn; den Bischofsschwarm
Behält er doch im Blick.

Da rief Klein John: „„Was wandelt dort?
Was kommt dort im Gefild?
Ich send' im Nu den Pfeil ihm zu,
Ein wahres Hexenbild!""

„Halt ein, halt ein!" rief Robin Hood,
„Die kühnen Pfeile spar'!
Bin Robin Hood, dein Meister gut,
Du wirst es bald gewahr."

Der Bischof vor des Weibes Haus
Jetzt kam und rief in Wuth:
„„Heraus den Wicht ans Tageslicht!
Heraus den Robin Hood!""

Das Weib mußt' auf ein milchweiß Pferd,
Ein scheckig Roß trug ihn,
Im freudigen Wahn, Robin zu ha'n,
Ritt lachend er dahin.

Doch als sie ritten im Gehölz,
Der Bischof konnt' ersehn
Im Waldesgrün die Schützen kühn,
An Zahl wohl hundert, stehn.

Der Bischof frug: „„Wer ist's, der dort
Steht an des Dickichts Rand?""
Die Alte meint: „Ein Mann, wie's scheint,
Der Robin Hood genannt."

„„Wer bist denn du,"" der Bischof rief,
„„Den ich hier mit mir zieh'?""
„Ein Weiblein alt, du Bischofsschalk,
Mein Bein heb' auf und sieh!"

Der Bischof sprach: „„Dann wehe mir,
Daß ich den Tag gesehn!"""
Er kehrt sich ab, doch Robin gab
Den Wink ihm, still zu stehn.

Sein Pferd hielt Robin an und band's
An eines Baumes Schaft,
Mit Lachen blickt Klein John und nickt,
Froh der Genossenschaft.

Robin zieht seinen Mantel ab,
Ihn breitend auf den Grund,
Leert, was im Sack des Bischofs stack,
Und zählt fünfhundert Pfund.

„Nun laßt ihn ziehn!" rief Robin Hood,
„„Nicht doch!"" versetzt Klein John,
„„Er sing' zuvor die Meß — ich's schwor! —
Eh' er uns zieht davon.""

Den Bischof nahm Robin und band
Ihn an des Baumes Schaft,
Der sang, Gott weiß! die Meß mit Fleiß,
Ihm und der Schützenschaft.

Dann führt die Schaar ihn aus dem Wald,
Setzt auf den Schecken ihn,
Den Roßschweif spannt als Zaum die Hand:
„Bet' eifrig für Robin!"

Robin Hood und der Gerber.

In Nottingham ein Gerber war,
Genannt Arthur von Bland;
So weit sich zieht das Landgebiet,
Kein Junker hielt ihm Stand.

Mit seiner Stange lang und spitz
Schafft er sich freie Bahn,
Treibt Zwei und mehr wohl vor sich her,
Denn ungern hält er an.

Und als er kam zur Sommersfrüh
In Sherwoods lust'gen Wald
Und dort und da nach Rothwild sah,
Traf er Robin alsbald.

So wie er Robin Hood erblickt,
Sann einem Schwank er nach,
Mit einem Wink gebot er flink
Ihm still zu stehn und sprach:

„Wer bist du, kühner Bursche, sprich,
Der hier so lecklich streicht?
Wohl scheinst du mir ein Dieb, der hier
Des Königs Wild beschleicht.

„Als Hüter bin ich dieses Forsts
Vom König selbst bestallt,
Dem Rothwild nah, das dort und da,
Drum dir gebiet' ich Halt!" —

„„Wenn du ein Hüter dieses Forsts
Und hast so viel Gewalt,
Rufst du wohl mehr Genossen her,
Eh du mich bringst zum Halt!"" —

„Ich ruf' nicht mehr Genossen her,
Da mir kein Andrer noth;
Ich weiß, mein Stock vom Eichenpflock
Vollstreckt wohl mein Gebot.

„Dein Bogenholz, dein Schwert und Bolz
Ist mir nicht Strohhalms werth;
Wenn ich nur klopf' auf deinen Kopf,
Dann schießest du verkehrt." —

„„Sprich feiner, Bursche!"" rief Robin,
„„Wähl' andre Worte dir!
Sonst ich dich weis' ins rechte Gleis'
Und lehre dich Manier.""

„Hol' dich der Henker!" sprach Arthur,
Bist du solch großes Thier?
Dein Trutzgesicht mich kümmert's nicht,
Erst lehr' dich selbst Manier."

Da löst Robin sein Wehrgehenk
Und legt den Bogen hin,
Wählt einen Stock vom Eichenpflock,
Der stark genug ihm schien.

„„Ich nehme dein Gewaffen, Freund,
Da meins dir nicht gefiel,
Sieh hier den Stock vom Eichenpflock,
Am Maße fehlt nicht viel.

„„Doch laß uns messen ganz genau,
Bevor der Kampf hebt an;
Denn wenn ich hab' den längern Stab,
Kein ehrlich Spiel ists dann.""

„Die Länge thut nichts," sprach Arthur,
„Mein Stock ist Eichenstoff,
Mißt Schuh neunthalb und fällt ein Kalb,
Fällt dich auch, wie ich hoff'."

Jetzt hielt Robin sich länger nicht,
Sein Hieb der fiel so schwer,
Da sprang gar schnell ein blut'ger Quell;
Zehn Uhr war's ungefähr.

Doch rasch ermannt traf Arthur ihn
Auf's Haupt mit solchem Stoß,
Daß beiderseit vom Haupte breit
Das Blut ihm rieselnd floß.

Robin tobt' als sein Blut er sah,
Dem wilden Eber gleich;
Arthur in Hast hieb ohne Rast,
Als fällte Holz sein Streich.

Und um und um geht's, rundherum,
Zwei Keiler auf der Jagd,
Sie bringen ein auf Arm und Bein,
Sich hackend unverzagt.

Sie theilen wacker Hieb für Hieb,
Zwei Stunden lang und mehr;
Von jedem Schlag rings klang der Hag,
So eifrig ging es her.

„„Halt ein, halt ein!"" rief Robin Hood,
„„Und laß die Fehde heut'!
Denn dreschen wir gleich die Knochen uns weich,
Doch trägt's uns keinen Deut;

„„Und künftig sei die Bahn dir frei
Im schönen Waldrevier."" —
„Schön Dank für nichts! Mein Stock erficht's,
Ihm dank ich's und nicht dir."

„„Was ist dein Handwerk?"" frug Robin,
„„Freund, sag mir's ohne Scheu,
Sag noch dazu: wo wohnest du?
Gern wüßt' ich Beides treu.""

„Ich bin ein Gerber, der sich plagt'
In Nottingham manch Jahr;
Treff ich dich dort, ich gerb', auf's Wort,
Umsonst die Haut dir gar."

„„Schön Dank, schön Dank!"" rief Robin Hood,
„„Du meinst es gut mit mir,
Du gerbst, Gesell, umsonst mein Fell,
Mit Gleichem dien' ich dir.

„„Doch willst du, müd der Gerberei,
Mit mir zur Waldes Hut,
Beim Kreuzes Holz, dein Sold wird stolz,
Mein Nam' ist Robin Hood.""

„Bist Robin Hood," sprach Arthur drauf,
„So wie mir's wirklich scheint,
Nimm hier die Hand Arthurs von Bland,
Wir bleiben jetzt vereint.

„Doch sag mir an, wo Klein Johann?
Nach ihm verlangt mich sehr,
Da wir durch's Band des Bluts verwandt
Von Mutterseiten her."

Da stieß Robin in's Jägerhorn,
Er blies, daß laut es klang,
Da rannte schon der kleine John
Herab den grünen Hang.

„Was gibt's? was gibt's?" so rief Klein John,
„O Meister, kund mir's thut!
Ihr steht gebannt, den Stab in der Hand,
Ich fürcht', es geht nicht gut."

„„Ich halte Stand, weil mich gebannt
Der Gerber hier zur Stell',
Ein Meister der Kraft und Gerberschaft,
Er gerbte schön mein Fell.""

„Das macht ihm Ehre," sprach Klein John,
„Wenn solche That sein Brauch;
Doch sei er ein Held, ich halt ihm das Feld,
Und gerbt mein Fell er auch."

„„Halt ein, halt ein!"" rief Robin Hood,
„„Er ist, wie ich's verstand,
Ein Freisaß gut aus deinem Blut
Und heißt Arthur von Bland.""

Da warf Klein John den Stecken hin,
So weit er fliegen mocht',
Und kam gerannt zu Arthur von Bland
Und seinen Hals umflocht.

Sie sind nicht scheu und sagen's treu
Wie's jauchzt in ihrer Brust,
Sie sehn sich dann mit Freuden an
Und weinen gar vor Lust.

Robin, die Beiden an der Hand,
Umtanzt die Eiche rund:
„„Wir sind drei Leut', drei luſt'ge Leut',
Drei luſt'ge Leut' im Bund!

„„So lang wir leben, laßt uns Drei
Nur Eins und einig ſein!
Der Wald erkling', alt Weiblein ſing'
Noch lange von uns Drein!""

Robin Hood und der Klosterbruder.

Im Sommer war's, das Laub war grün,
Die Blumen frisch in Pracht,
Auf Spiel und Kurzweil war Robin
Mit seiner Schaar bedacht.

Der Eine springt, der Andre läuft,
Geschoß der Dritte probt;
„Wer schnellt den Pfeil mir, daß sein Schuß
Den guten Schützen lobt?"

„Wer legt mir einen Dambock hin,
Wer legt mir hin ein Thier,
Wer legt den fetten Hirsch mir hin,
Fünfhundert Fuß von hier?"

Will Stablock legt den Rehbock hin,
Und Midge legt hin das Thier,
Klein John legt hin den fetten Hirsch,
Fünfhundert Fuß von hier.

„Gott segne dich," sprach Robin Hood,
„Für diesen Schuß zum Kern!
Zu finden deines Gleichen ritt'
Ich hundert Meilen gern!"

Da lacht Will Stablock herzlich auf,
Er lacht, daß er sich biegt:
„In Fountains Stift da lebt ein Mönch,
Der euch allzwei besiegt."

„In Fountains=Abbey jener Mönch
Den stärksten Bogen strammt,
Und dich und deine ganze Schaar,
Er schlägt euch allgesammt!"

Da schwur Robin den Eid, er schwur's
Bei unsrer lieben Frau:
„Ich esse nicht, ich trinke nicht,
Bis ich den Mönch erschau!"

Robin nahm seinen Harnisch blank,
Auf's Haupt den Eisenhut,
Nahm Schild und Breitschwert an die Seit',
Die Rüstung stand ihm gut.

Er nahm den Bogen in die Hand,
Aus zähem Holz wie Stahl,
Ein Bündel Pfeile in's Gehäng,
Und zog gen Fountains Thal.

Und als er kam in's Klosterthal,
Hemmt er des Rosses Gang,
Den Klosterbruder sah er dort,
Der schritt den Strom entlang.

Der Mönch trug einen Harnisch blank,
Am Haupt den Eisenhut,
Und Schild und Breitschwert an der Seit',
Die Rüstung stand ihm gut.

Vom Sattel sprang Robin und band
An einen Strauch sein Pferd:
„Auf, Frater, trag mich durch den Strom,
Wenn dir dein Leben werth!"

Der Mönch lud auf den Rücken ihn,
Das Wasser war nicht seicht,
Er sprach kein Wort, nicht gut, nicht bös,
Bis er den Strand erreicht.

Flink sprang Robin vom Mönch herab,
Der Frater doch spricht nun:
„„Trag du mich durch den Strom, Gesell,
Sonst möcht' es leid dir thun.""

Robin lädt auf den Rücken ihn,
Das Wasser ist nicht seicht,
Er spricht kein Wort, nicht gut, nicht bös,
Bis er den Strand erreicht.

Flink sprang der Mönch von Robin ab,
Doch sprach Robin auf's Neu:
Jetzt, Frater, trage mich zurück,
Sonst brächte dir es Reu'."

Der Mönch nimmt auf den Rücken ihn,
Steigt knietief in die Flut,
Er spricht bis mitten in dem Strom
Kein Wort, nicht bös, nicht gut.

Doch als er mitten stand im Strom,
Da warf er ihn hinein:
„„Versink' nun oder schwimm heraus,
Gesell, die Wahl ist dein!““

Robin schwamm hin zum Ginsterbusch,–
Der Mönch zum Weidenbaum;
Robin nahm sein Geschoß zur Hand,
Als er am Ufer kaum.

Und seines Köchers besten Pfeil
Sandt' er dem Bruder zu;
Der Mönch mit seinem Eisenschild,
Der fängt ihn auf mit Ruh.

„„Schieß zu, Geselle, schieße zu,
Und schieße noch so viel;
Schieß einen ganzen Sommertag,
Gern bien ich dir als Ziel!““

Robin der schoß mit Meisterschaft,
Sein letzter Pfeil flog aus,
Da griffen sie zu Schwert und Schild,
Da gab's mannhaften Strauß.

Der währt vom zehnten Glockenschlag
Bis vier Uhr Nachmittag,
Bis, Gnade flehend, Robin Hood
Auf seinen Knieen lag.

„Eins bitt' ich, Mönch, und laß gewährt
Mir diese Bitte sein,
Laß führen mich mein Horn zum Mund
Und dreimal blasen drein."

„„Das mag geschehn!"" der Frater sprach,
„„Du bläsest mir kein Leid;
O blase bis dir aus dem Kopf
Die Augen springen beid'!""

Robin setzt an den Mund sein Horn
Und bläst der Stöße drei;
Ein halbes Hundert Schützen flog
Zum Schuß bereit herbei.

„„Weß sind die Leute,"" frug der Mönch,
„„Die kommen wie im Flug?""
„Mein sind die Leute," sprach Robin,
„Mönch, hast du nun genug?"

„„Eins bitt ich,"" sprach der Mönch, „„und laß
Gewährt es gleichfalls seyn,
Laß führen mich die Faust zum Mund
Und dreimal pfeifen drein!""

„Das mag geschehn!" sprach Robin Hood,
Sonst brächte mir's kein Lob!
Drei Pfiff' in eines Mönchleins Faust,
Nur lachen kann ich drob."

Der Mönch setzt an ben Munb bie Faust
Unb pfeift ber Pfiffe brei;
Da fliegt ein halbes Hunbert wohl
Von Doggen flink herbei.

„„Da ist ein Hunb für jeben Mann,
Dir will ich selber stehn!"„
„Bei meinem Eib," rief Robin Hood,
„Das kann unb soll nicht gehn."

Zwei Hunbe springen Robin an,
Rückwärts unb vorn, im Bunb,
Sein linkolngrüner Mantel fliegt
Vom Leib gezerrt zum Grunb.

Der Schützen Pfeil gen Ost unb West,
Gen Norb unb Süben fährt,
Die Doggen fahn bie Pfeil' im Munb,
So hat man sie's gelehrt.

„Schaff fort bie Hunde!" rief Klein John,
„Thu, Mönch, wie ich gesagt!"
„„Weß Dienstmann bist bu,"„ frug ber Mönch,
„„Der hier solch Reben wagt?"„

„Ich bin Klein John, bin Robins Mann,
Mönch, glaub' es auf mein Wort:
Thust du's nicht schnell, so schaff ich selbst
Dich sammt den Kötern fort."

Den Bogen nimmt Klein John zur Hand,
Er schießt mit Meisterschaft,
Da lagen auf dem Grund alsbald
Zehn Doggen hingerafft.

„„Halt ein, Geselle!"" bat der Mönch,
„„Und noch in dieser Stund
Mit deinem Meister schlag ich ein
Den Friedensschluß und Bund!""

Da sprach Robin: „Laß Fountains Thal,
Laß die Abtei zurück!
Alljeden Sonntag sei dein Lohn
Ein blankes Nobelstück;

„Alljeden Festtag neu Gewand,
Dir schmückend die Gestalt;
Und wie im Kreuzgang still und kühl
Ist's auch im grünen Wald."

Der Mönch, der sieben Jahr und mehr
Im Kloster hat gelebt,
Der lebt im Walde jetzt, will's Gott,
Bis man ihn einst begräbt.

Robin Hoods goldner Lohn.

Einst zog Robin die Straß' entlang,
Als Mönch gekleidet ganz,
Er trug Kaputz' und Mönchshabit,
Trug Kreuz und Rosenkranz.

Er ging zwei Meilen oder drei,
Da ward sein Blick gewahr
In schwarzem Kleid zu Rosse hoch
Ein stattlich Priesterpaar.

„Benedicite!“ rief Robin Hood,
„Die milde Hand mir leiht,
Grüßt mit dem Gröschlein mir die Hand
Zur· Ehr der heil'gen Maid.“

„Ich wandre schon den ganzen Tag,
Doch blieb ich bar und blank,
Bekam nicht einen Bissen Brot,
Nicht einen Schluck zum Trank.“

Sie riefen: „„Bei der heil'gen Maid,
Uns mangelt's selbst an·Geld;
Man hat heut Morgen uns beraubt,
Aus uns kein Pfennig fällt!““

„Ich fürchte sehr," sprach Robin Hood,
„Daß ihr 'ne Lüge sagt;
Und eh' ihr mögt von hinnen ziehn,
Sei ein Versuch gewagt."

Die Priester, als sie dieß gehört,
Schnell ritten sie davon,
Doch Robin, auf den Sohlen flink,
Hat eingeholt sie schon.

Er hielt in ihrer Flucht sie auf
Und riß vom Pferd das Paar;
„„Verschon' uns, Bruder,"" riefen sie,
„„Dein Mitleid uns bewahr'!""

„Da ihr kein Geld habt," sprach Robin,
„So laßt allhier im Feld
Auf's Knie uns fallen alle drei
Und flehn zu Gott um Geld!"

Die Priester widerstrebten nicht
Und senkten sich auf's Knie,
„„O send' uns Geld in unsrer Noth!
O send' es!"" flehten sie.

Die Priester blickten sauer drein,
Die Hände ringend bang,
Bald weinten sie, bald schrien sie laut,
Robin doch lustig sang.

Als so das Jammern und Gebet
Ein Stündchen wohl gewährt,
Rief Robin: „Laßt uns sehn, wie viel
Der Himmel uns beschert?"

„Wir theilen jetzt zu gleichem Theil,
Was unser ward an Geld,
Und unter uns soll Keiner sein,
Der den Genossen prellt."

Die Priester griffen in den Sack
Und sagten, daß nichts drin;
„Der Eine such' den Andern durch,
Der Reih' nach!" sprach Robin.

Robin durchsuchte selbst die Zwei
Und machte goldnen Fund,
Fünfhundert Stücke zählt' er bar
Wohl auf den Rasengrund.

„Ein holder Anblick," rief Robin
Solch Haufen Golds, o seht!
„Ihr sollt auch haben euren Theil
Für euer fromm Gebet."

Drauf gab er Jedem fünfzig Pfund,
Den Rest nahm er für sich,
Die Priester wagten nicht ein Wort
Und seufzten wunderlich.

Dann sprangen beide von den Knien,
Im Wahn, sie könnten fort,
„Nicht doch!" sprach Robin, „eh' ihr zieht,
Vernehmt nur noch ein Wort.

„Ihr sollt auf diesem heil'gen Gras
Mir schwören einen Eid,
Daß keine Lüg' ihr wieder sagt,
Wo ihr auch immer seid.

„Dann schwört ihr mir den zweiten Eid,
Daß, bei lebend'gem Leib
Nie eine Jungfrau ihr verführt,
Nie liegt bei fremdem Weib.

„Zuletzt beschwört, stets milde Hand
Zu leihn dem armen Mann,
Sagt, daß euch's lehrt' ein heil'ger Mönch,
Nichts weiter wünsch' ich dann."

Drauf half den Priestern er zu Pferd,
Sie ritten fort alsbald,
Er aber kehrte froh und stolz
Zum lust'gen grünen Wald.

Robin Hood rettet der Wittwe drei Söhne.

Zwölf Monat gibt's im ganzen Jahr,
So spricht man, daß es sei,
Der lustigste Monat doch im Jahr
Das ist der lustige Mai.

Nach Nottingham ging Robin Hood,
Ging singend durch das Land,
Bis er ein schlichtes altes Weib
Am Weg in Thränen fand.

„Was Neu's? was Neu's? du altes Weib,
Was bringst für Neuigkeit?"
Sie sprach: „„Drei Junker in der Stadt
Hält man zum Tod bereit.""

„Ei, haben Dörfer sie verbrannt?
Geschlagen Priesters Leib?
Ei, haben Jungfraun sie geraubt?
Entehrt des Andern Weib?"

„„Nicht haben Dörfer sie verbrannt,
Bedroht nicht Priesters Leib;
Nicht haben Jungfraun sie geraubt,
Entehrt kein fremdes Weib.""

„Ei nun, was thaten sie? sag an!"
So drängt Robin und frägt;
„„Ihr Bogen hat, dem euren gleich,
Des Königs Wild erlegt.""

„Weib," sprach er, „weißt noch, wie du einst
Mir Speis' und Trank gereicht?
Fürwahr, du fändest für dein Wort
So gute Zeit nicht leicht."

Und Robin ging nach Nottingham,
Ging singend durch das Land,
Bis einen armen Pilgersmann
Er auf der Straße fand.

„Was Neu's? was Neu's? du alter Mann,
Was bringst für Neuigkeit?
Er sprach: „„Drei Junker in der Stadt
Hält man zum Tod bereit.""

„Komm, tausche dein Gewand mit mir,
Komm, geh' den Tausch nur ein,
Nimm vierzig Schilling Silbers hier,
Vertrink's in Bier und Wein.

Der Alte sprach: „„Dein Kleid ist gut,
Meins will in Fetzen gehn;
Nie treibe mit dem Alter Spott,
Wo du magst gehn und stehn.""

„Komm, alter Kerl, und tausch' mit mir,
Komm, geh' den Tausch nur ein,
Hier hast du zwanzig Goldstück blank,
Die Brüder bewirth' mit Wein!"

Er setzt den Hut des Alten auf,
Der kaum am Scheitel saß:
„Beim ersten Kampf, den ich besteh',
Wohl fliegst du fort in's Gras!"

Er zog des Alten Mantel an,
Geflickt schwarz, roth und blau,
Er schämt sich nicht, den Brodsack heut
Zu tragen frei zur Schau.

Er zog des Alten Hosen an,
Mit Flicken allerseit:
„Bei meiner Treu, den guten Mann
Plagt nicht die Eitelkeit!"

Er zog des Alten Strümpfe an,
Von Löchern ganz zersetzt:
„Bei meiner Treu, wär' ich gestimmt
Zum Lachen, lacht' ich jetzt!"

Er zog des Alten Schuhe an,
Mit Lappen überstreut,
Da schwor er einen heil'gen Schwur:
„Ja, Kleider machen Leut'!"

Und Robin kam nach Nottingham,
Ging singend seinen Gang,
Den stolzen Sheriff traf er da,
Der schritt die Stadt entlang.

Und Robin rief: „Christ blick' auf euch!
Christ steh' euch, Sheriff, bei!
Was gebt ihr einem alten Mann,
Der heut' euch Henker sei?"

„„Ein neu Gewand,"" der Sheriff sprach,
„„Ein neu Gewand kriegst du;
Ein neu Gewand ist Henkers Lohn
Und dreizehn Pence dazu.""

Da dreht sich Robin um und um,
Springt über Stock und Stein,
Der Sheriff schwur: „„Ei, alter Knab',
Das heißt gesprungen sein!""

„Mein Lebtag war kein Henker ich,
Noch werb' ich um solch Amt;
Der sich zuerst zum Henker lieh,
Der sei von Gott verdammt!"

„Hab' einen Sack für Mehl und Malz,
Hab' einen für Gerst' und Korn,
Hab' einen Sack für Brod und Fleisch
Und einen für mein klein Horn.

„Ich hab' in meinem Sack ein Horn,
Bekam's von Robin Hood,
Und setz' ich das an meinen Mund,
Für dich wohl bläst's nicht gut."

„„Ei, stoß ins Horn, du eitler Wicht,
Mir macht es wenig Graus;
O bliesest du, bis dir vom Kopf
Die Augen sprängen aus!""

Er stieß ins Horn zum erstenmal,
Daß weit und grell es klang;
Da kamen hundert fünfzig Mann
Gesprengt vom Bergeshang.

Er stieß ins Horn zum andernmal,
Das klang so stark und hell,
Da glänzten auf dem Felde hin
Wohl sechzig Mann zur Stell.

„„O, wer sind die?"" der Sheriff frug,
„„Die rennen über's Feld?""
„Ei, meine Leute," sprach Robin,
„Dir zum Besuch gesellt."

Vom Galgen lösen sie das Seil,
Die Junker sind nun frei,
Und hängt dafür der Sheriff nicht,
So ist viel Glück dabei.

Robin Hood und der goldene Pfeil.

In Nottingham des Sheriffs Herz
Der Aerger fast zerrieb,
Er spricht nicht gut von Robin Hood,
Dem kühnen trotz'gen Dieb.

Sein Leid zu klagen, hat er sich
Nach London aufgemacht;
Der König dort zog jedes Wort
Gar ernstlich in Bedacht.

„Ei," sprach Richard, „was kann ich thun?
Bist nicht mein Sheriff du?
Gesetz in Kraft schützt dich und schafft
Dir vor Beleid'gern Ruh.

„Drum geh' nach Haus und mit dir selbst
Berath' ein schlaues Spiel,
Das bring' zu Fall die Meuter all,
So hilf dir selbst an's Ziel."

Der Sheriff schied, auf seinem Weg
Des Königsworts gedenk,
Wie er die Sach' fein allgemach
Zu gutem Ende lenk'?

In seinem Sinn so vor sich hin
Dacht' er ein Kampfspiel aus,
Da fänden sich ein die Vogelfrein
Als Schützen wohl zum Strauß.

Und einen Pfeil, deß Spitze Gold,
Deß Schaft von Silber weiß,
Den trägt zum Lohn der Sieger davon,
Als Schützenrecht und Preis.

Die Nachricht kam zu Robin Hood
Im grünen Waldrevier:
„Auf! rüstet heut euch, meine Leut',
Zum Festspiel wollen wir!"

Da trat ein wackres Bürschlein vor,
David von Donkaster:
„„Rührt euch so bald nicht aus dem Wald,
O thut, wie ich begehr'!""

„„In Wahrheit, ich erfuhr's genau,
Das Spiel ist eitel Lug,
Der Sheriff, wißt, ersann die List
Uns Schützen nur zum Trug.""

„Das schmeckt nach Feigheit!" rief Robin,
„Mir sprichst du nicht zu Gunst;
Ich prüf' auf's Glück heut mein Geschick
In edler Schützenkunst."

Drauf sprach der tapfre, kleine John:
„„Laßt uns den Gang bestehn!
Doch kommt und hört, wie ungestört
Und unerkannt wir gehn.

„„Die Mäntel all von Linkolngrün,
Die bleiben hier versteckt;
Wählt mit Bedacht verschiedne Tracht,
So gehn wir unentdeckt.

„„Der Eine weiß, der Andre blau,
Der gelb und Jener roth,
So ganz entstellt zum Schützenfeld
Gehn wir, und was auch droht.““

Sie ziehn, das Herz voll Muth und Stolz,
Zum grünen Wald hinaus,
All hocherfreut, des Sheriffs Leut'
Hart zu bestehn im Strauß.

Sie mengten sich zum andern Volk,
Daß jeder Argwohn ruht,
Denn stünden sie zusammen hie,
Es wäre Uebermuth.

Der Sheriff sieht sich um im Kreis
Wohl von achthundert Mann,
Doch kamen nicht ihm zu Gesicht,
Die längst er wünscht heran.

Man sprach: „Selbst Robin, wär' er hier
Sammt seiner Kumpanie,
Besiegte heut nicht diese Leut,
So prächtig schießen sie!"

„„Ich dacht', er käm',"" der Sheriff ruft's
Und kratzt sich hinter'm Ohr,
„„Doch da er fehlt, scheint's daß der Held
Dazu den Muth verlor.""

Das Wort schnitt tief in Robins Herz
Und trieb empor sein Blut:
„Nicht lange währt's und er erfährt's,
Daß hier war Robin Hood!"

„Blaujacke!" ruft man hier, dort: „braun!"
„Brav Gelb!" ein Dritter spricht,
Ein Vierter dann: „In Roth der Mann
Hat hier des Gleichen nicht!"

Und dieser war Kühn Robin selbst,
Er trug ein roth Gewand,
Mit jedem Schuß gewann zum Schluß
Solch fest' und sichre Hand.

Den Pfeil, deß Spitze ganz aus Gold,
Deß Schaft von Silber weiß,
Den trug zum Lohn Robin davon
Als Schützenrecht und Preis.

Und jeden Argwohn zu zerstreun,
Die Schaar den Heimweg nahm,
In kleiner Zahl, drei, vier zumal,
So ging sie, wie sie kam.

Als sie beisammen saßen all
Im grünen Waldesdicht,
Gedacht' ihr Wort der Kurzweil dort
Mit fröhlichem Bericht.

„Eins kümmert mich," sprach Robin Hood,
„Wie ich's dem Sheriff kann
Verkünden klar, daß ich es war,
Der seinen Pfeil gewann?"

Da sprach Klein John: „„Mein guter Rath
Hat euch zuvor erfreut,
So mein' ich drum, — nehmt ihr's nicht krumm —
Ich rath' euch nochmals heut'.""

„O sprich!" rief Robin, „sprich, dein Witz
Ist flink und ächt zugleich,
Kein Mann, ich weiß, ist hier im Kreis
An Mutterwitz so reich."

„„Mein Rath ist dieser,"" sprach Klein John,
„„Man schreibt ein Brieflein fein,
Und schickt das Blatt in seine Stadt
Dem Sheriff dann hinein.""

„Der Rath ist gut!" sprach Robin Hood,
„Doch wie wird's hingesandt?"
„„Bah, Meister, das ist Kinderspaß,
Laßt ihr mir freie Hand.""

„„Ich steck' an meinen Pfeil den Brief
Und schieß' ihn in die Stadt;
Wenn's niederfiel, bringt schon an's Ziel
Die Aufschrift euer Blatt.""

So flog's hinein nach Nottingham,
Der Sheriff hob's empor,
Ward roth und blaß, als er's durchlas
Und kratzt sich hinter'm Ohr.

Robin Hood und Allin vom Thal.

Im Waldesraum stand Robin Hood
Wohl unterm grünen Baum,
Da sah er einen jungen Mann,
Den schönern traf man kaum.

Der trug ein Kleid von Scharlach roth,
Von Scharlach hell und fein,
Er sprang gar froh den Pfad entlang
Und sang ein Rundlied drein.

Am nächsten Morgen stand Robin
Im lust'gen Laubgeheg',
Er sah denselben jungen Mann
Gar traurig ziehn den Weg.

Er trägt nicht mehr das Scharlachkleid,
In dem er gestern schritt,
Er jammert kläglich ach und weh
Und seufzt bei jedem Tritt.

Klein John, der Wackre, trat heran
Und Midge, des Müllers Sohn;
Als die der Jüngling kommen sah
Spannt' er den Bogen schon.

„Steht stille!" rief der junge Mann,
„Und sagt, was mein ihr wollt?
„„Daß ihr dort unterm grünen Baum
Zu unserm Meister sollt!"""

Und als er trat vor Robin Hood,
Frug der mit guter Art:
„Hast du für mich und meine Leut
Wohl etwas Geld gespart?"

Der Junker sprach: „Fünf Schilling nur
Und dieser Ring sind mein,
Den wahrt ich sieben lange Jahr,
Zum Brautring ihn zu weihn.

„Die Hochzeit sollte gestern sein,
Da nahm man mir die Maid,
'nen alten Ritter zu erfreun;
Drum ist mein Herz voll Leid."

„Wie ist dein Name?" frug Robin,
„Sprich ohne Rückhalt frei!"
Er sprach: „„Ich heiß' Allin vom Thal,
So Gott mir gnädig sei.""

„Was gibst du mir," frug Robin Hood,
„Sei's Gold, sei's Goldeswerth,
Wenn ich dir helf', daß dein Treulieb
In deine Arme kehrt?"

Drauf sprach der Junker: „„Weder Gold,
Noch Goldeswerth ist mein;
Doch schwör' ich dir's auf's heil'ge Buch,
Dein Dienstmann treu zu sein.""

„Wie weit zu deinem Treulieb ist's?
Sprich ohne Rückhalt frei!"
Er sprach: „„Fünf kleine Meilen nur,
So Gott mir gnädig sei.""

Da hastet Robin durch's Gefild,
Ihn läßt's nicht stille stehn,
Bis er in jene Kirche kommt,
Die für das Fest ersehn.

Der Bischof frug: „„Was treibt dich her?
Das wolle mir vertraun.""
„Ich bin ein Harfner," sprach Robin,
„Der Beste in Nordens Gaun."

„„Willkommen hoch!"" der Bischof rief's,
„„Sehr lieb' ich Harfenlaut!""
„Ich spiele nur," versetzt Robin,
„Vor Bräutigam und Braut."

Da trat ein reicher Ritter ein,
Gar alt und ernst zumal,
Und dann ein Fräulein wunderlieb,
Das glänzt wie Goldesstrahl.

„Kein rechter Bund ist's," sprach Robin,
„Den ihr da knüpfen wollt!
Da wir 'mal hier, erwähl' die Braut
Doch selbst den Liebsten hold!"

Sein Horn zum Munde führt Robin,
Zwei=, dreimal bläst er drauf,
Und vierundzwanzig Schützen kühn
Sind da im schnellsten Lauf.

Sie schreiten überm Kirchhofgrund
In eine Reih' gesellt,
Der Erste vorn Allin vom Thal,
Der Robins Bogen hält.

„Allin, dies ist dein treues Lieb,
So hört' ich," sprach Robin,
„Ihr sollt vermählt sein noch zur Stund,
Eh wir von bannen ziehn."

Der Bischof rief: „„Das geht nicht an!
Dein Wort hat nicht Bestand;
Dreimal ein kirchlich Aufgebot
Will das Gesetz im Land.""

Des Bischofs Mantel nahm Robin,
Den zog Klein John jetzt an,
„Bei meiner Treu!" rief Robin Hood,
„Dies Kleid macht dich zum Mann!"

Und als Klein John zum Chore schritt,
Da lachten all' im Raum;
Drauf bot er siebenmal sie auf,
Dreimal genügt's ihm kaum.

John frug: „„Wer führt die Braut mir zu?"“
„Ich thu's!" sprach Robin drauf,
„Und wer sie je von Allin reißt,
Der büßt's mit theurem Kauf!"

Die Braut glich einer Königin! —
Nun ist die Hochzeit aus;
So kehrten all' zum lust'gen Wald,
In's grüne Laub nach Haus.

Robin Hood und der Bischof von Hereford.

Im luft'gen Barnsdal' ist's geschehn,
Im grünen Waldgeheg',
Der Bischof von Hereford sollte ziehn
Mit seiner Schaar den Weg.

„Kommt, schießt ein Wildpret," sprach Robin,
„Schießt mir ein fettes Thier,
Der Bischof von Hereford ist mein Gast,
Zahlt heut die Zeche mir.

„Kommt, schießen wir ein fettes Wild,
Und braten's hart am Weg
Und wachen, daß der Bischof nicht
Hinreit' auf andrem Steg."

Robin zog sich als Schäfer an,
Sechs Schützen ebenso;
Die sprangen, als der Bischof naht',
Im Kreis um's Feuer froh.

Der Bischof frug: „„Was ist hier los?
Wem gilt die Lustbarkeit?
Was tödtet ihr des Königs Wild,
Da ihr so Wenige seid?"

„Herr," sprach Robin, „wir hüten Schaf'
Jahrüber im Gefild;
Doch heut'mal woll'n wir lustig sein,
Und schießen Königswild."

„„Seid wackre Leut'!"" der Bischof rief,
„„Dem König werd' es kund;
Drum hurtig auf! ihr sollt mit mir
Zum König hin zur Stund.""

„O Gnade, Gnade!" rief Robin,
„Seid gnädig und verzeiht!
So viele Leut' dem Tod zu weihn,
Steht schlecht zu eurem Kleid."

„„O nichts von Gnad' und von Verzeihn!""
So rief des Bischofs Mund,
„„Nur hurtig auf! ihr müßt mit mir
Zum König fort zur Stund.""

Robin lehnt sich an einen Baum,
Den Fuß an einen Dorn,
Und zieht aus seinem Schäferkleid
Hervor sein Jägerhorn.

Er setzt die Spitze an den Mund
Und bläst gar laut darein,
Da sprangen siebzig seiner Leut'
Heran in vollen Reihn.

Sie neigten all vor Robin sich,
Ein Anblick war's voll Pracht;
„„Was gibt's denn, Meister,"" frug Klein John,
„„Daß ihr so bliest mit Macht?""

„Der Bischof hier von Hereford steht,
Der keine Gnad' uns gab!"
„„Schlagt ihm den Kopf ab!"" rief Klein John,
„„Und werft ihn in sein Grab!""

„„O Gnade, Gnad'!"" der Bischof rief,
„„Seid gnädig und verzeiht!
Hätt' ich gewußt, daß ihr allhie,
Wohl zög' ich anderweit.""

„O nichts von Gnad' und von Verzeihn!"
Versetzte Robins Mund,
„Nur hurtig auf! ihr sollt mit mir
Nach Barnesdal' zur Stund."

Er führt den Bischof an der Hand
Zum lust'gen Wald hinein,
Setzt ihn zu sich an's Abendmahl
Und schenkt ihm Bier und Wein.

„„Die Rechnung!"" rief der Bischof bang,
„„Mich sorgt, sie schwillt zu dick!""
„Leiht eure Börse mir," sprach John,
„Ihr hört's im Augenblick."

Des Bischofs Mantel nahm Klein John,
Er breitet ihn zum Grund,
Und aus des Bischofs Mantelsack
Zählt er dreihundert Pfund.

„Hier ist des Gelds genug!" rief John,
„Ein Anblick wunderhold!
Das söhnt mich mit dem Bischof aus,
Obschon er mir noch grollt."

Drauf Robin: „Spielleut', aufgespielt!"
Des Bischofs Hand er nahm,
Der mußt' in Stiefeln tanzen rund,
Froh, daß er so entkam.

Klein John und die vier Bettler.

Zur Schaar im Walde sprach Robin:
„Es geht uns knapp und schmal,
Ein Mann sei ersehn, auf's Betteln zu gehn,
Klein John, dich trifft die Wahl."

Sprach John: „Und muß ich betteln gehn,
Gebt mir zur Bettelfahrt
Den Knotenstock, den Lumpenrock,
Und Säcke jeder Art.

„Gebt einen Sack mir für den Quark,
Und einen für das Brot
Und einen für's Geld; wenn das drein fällt,
Dann leid' ich keine Noth."

Da zog Klein John auf's Betteln aus
Und fleht' um Gotteslohn,
Soviel er fand der Bettler im Land,
Ihr Schmuck doch blieb Klein John.

Einst als er einsam schritt des Wegs,
Vier Bettler nahm er wahr,
Der blind, der stumm, der lahm, der krumm,
Er denkt: 'ne schmucke Schaar!

„Gut'n Morgen, Brüder," sprach Klein John,
„Euch fand mein guter Stern;
Wohin die Bahn? o sagt mir's an,
Gesellschaft träf ich gern.

„Doch sagt was gibt's, daß Läuten rings
Von allen Glocken schallt?
Wird Einer gehängt? Wo Volk sich drängt,
Erfrägt man so was bald."

„„Gehängt wird Keiner,"" sprach der Erst',
„„Und laß dir's sagen, Gauch,
Doch Einer, der tobt, gibt Käs' uns und Brot,
Manch Pennystück wohl auch.""

„„Wir zählen Brüder rings im Land,""
Der zweite Bettler spricht,
„Doch keinen dir gleich im weiten Reich,
Du krüppelhafter Wicht!

„„Drum pack dich fort, du Krüppelwicht,
Und für dein Haupt nimm das!""
„Ich geh' nicht von hier, bis Jeder mit mir
In einem Gang sich maß.

„Kommt all herbei, kommt nach der Reih,
Wenn ihr so schlagbereit,
Kämpft alle vier, weicht nicht von hier,
Ob Freund, ob Feind ihr seid!"

John schlägt den Stummen, daß er brüllt,
Macht sehend den, der blind;
Der sieben Jahr ein Lahmer war,
Flieht schneller als der Wind.

All' an die Wand wirft seine Hand
Mit mächt'gem Stoß und Drang,
Klein John der singt, weil die Steinwand klingt
Laut von des Goldes Klang.

Aus ihren Mänteln zog er vor
Dreihundert Pfund in Gold:
„Mein guter Stern war mir nicht fern,
Gönnt mir den Anblick hold."

Was fand in ihren Säcken er?
Dreihundert Pfund und mehr;
„Wenn ich Wasser trink so lang dies blinkt,
Sei einst mein Sterben schwer!

„Nun sei vorbei die Bettelei,
Da mir gelacht das Glück!
Was säum' ich hier? Fort in's Revier
Des lustigen Walds zurück?"

Und als er trat in Sherwoods Wald,
Da ward er schnell gewahr
Kühn Robin Hood, den Meister gut,
Und seine ganze Schaar.

„Was Neu's? was Neu's?" frug Robin Hood,
„Klein John, nun gib mir kund,
Welch Glück dir ward auf der Bettelfahrt?
Mir wässert schon der Mund."

„„Nur gutes Neu's!"" rief John, „„Es stand
Das Bettelglück mir bei;
Sieh hier den Sold in Silber und Gold,
Sechshundert Pfund und drei!""

Und Robin Hood am Arm Klein Johns
Tanzt um den Eichbaum her:
„Wer Wasser trinkt so lang dies blinkt,
Dem sei das Sterben schwer!"

König Richard und Robin Hood.

Der König Richard hat gehört
Manch Stücklein von Robin,
Drob staunt' er sehr und wünscht noch mehr
Zu sehn sein Volk und ihn.

Mit einem Dutzend seiner Lords
Ritt er nach Nottingham,
Wo er befahl ein gutes Mahl,
Wo er die Herberg nahm.

Als eine Zeit er da verweilt
Und doch sein Ziel nicht fand,
Er und die Lords einstimm'gen Worts
Anzogen Mönchsgewand.

Von Fountains=Abbey ritt der Zug
Gen Barnsdal' hingewandt,
Wo kampfbereit die Schaar gereiht
Von Robin Hood schon stand.

Der König überragt den Troß,
Daß Robin heimlich dacht':
Daß sei der Abt und schon sich labt
Am Fange, den er macht.

Er faßt des Königs Pferd am Zaum:
„Halt, Abt," so rief er, „halt!
Ich wend' mich gern an solche Herrn,
Die Pracht und Prunk umwallt."

„„Wir sind des Königs Botenschaar,""
Der König selbst versetzt,
„„Nicht ferne steht die Majestät,
Mit dir zu sprechen jetzt.""

„Gott schütz' den König," rief Robin,
„Und all', die zu ihm stehn;
Wer seinen Thron wagt zu bedrohn,
Der soll zur Hölle gehn!"

„„Dich selbst verdammst du,"" rief der Fürst,
„„Du übst Verräthers Art!""
„O nein, bei Gott! Ob Königsbot',
Das lügst du in den Bart!

„Nie that ich Leides einem Mann,
Der treu und ehrlich lebt;
Mich reizt nur der, deß schnöd Begehr
Nach fremdem Gute strebt.

„Ich that kein Leid dem Ackersmann,
Der pflügt auf seinem Grund,
Noch dem, der hier das Waldrevier
Durchstreift mit Falk' und Hund.

„Erzfeind bin ich der Geistlichkeit,
Die übermächtig heut!
Solch fauler Bauch und schelmischer Gauch,
Ein Fang ist's, der mich freut!

„Doch bin ich froh, daß ich euch traf
Auf eurer Botenfahrt;
Kommt, Freund', ich biet' euch, eh ihr zieht,
Ein Mahl nach Waldesart."

Verwundert steht der König da,
Und alle nach der Reih,
Und Jeder fragt sich halbverzagt,
Was für ein Mahl das sei?

Da führt Robin zu seinem Zelt
Des Königs Pferd am Zaum:
„Dich schickt," sprach er, „mein Fürst und Herr,
Sonst ehrt' ich so dich kaum.

„Zu Lieb dem König Richard thu
Ich mehr als dieses heut;
Habt ihr mehr Geld als je ich zählt',
Ich nehm' euch keinen Deut."

Robin setzt an den Mund sein Horn,
Bläst laut und hell darein,
Und hundert zehn der Schützen gehn
Heran in vollen Reihn.

Als sie vorbei an Robin ziehn,
Beugt jeder Mann das Knie;
Der König dacht': ei, welche Pracht!
Wohl Schönres sah ich nie!

Er dachte: o Robin, wie hast
Dein Volk du in Gewalt,
Mehr huldigt's dir, als meines mir,
So lern' der Hof vom Wald!

Zum Mahle setzten dann sich all'
Auf grünem Rasengrund,
Die ganze Zahl, roth, schwarz und fahl,
Ein Anblick seltsam bunt.

Geflügel gab's, Wildpret vollauf,
Und aus dem Fluß den Fisch;
Der König schwur: „„Auf See und Flur,
Nie hielt ich bessern Tisch!""

Robin ergriff die Kanne Ale:
„Nun den Beginn gemacht!
Und Jedermann erheb' die Kann:
Dem König sei's gebracht!"

Der König selbst trank Königs Heil,
Das ging die Rund' entlang,
So daß dies Wohl zwei Tonnenvoll
Des besten Biers verschlang.

Dann einen Becher Weines schwingt
Robin hoch in der Hand:
„Will trinken Wein im grünen Hain
Bis an des Grabes Rand!

„Nun spannt mir eure Bogen all,
Beschwingt mit Grauganskiel,
Zeigt eine Prob' der Kunst, als ob
Der König säh das Spiel."

Sie schossen all so meisterlich
Wohl Stab und Schaft entzwei;
Der König fand daß kaum ein Land
Mit Ihresgleichen sei!

„„Brav, Robin!"" sprach der König dann,
„„Wenn ich dir bring' Verzeihn,
Willst jederzeit du dienstbereit
Und treu dem König sein?""

„Ja," rief Robin, „von Herzen, ja!"
Und Jeder schwang den Hut,
„Wir sind allzeit ihm dienstbereit
Und weihn ihm Gut und Blut!

„Ein Priester war mein erster Feind,
Drum haß ich diesen Stand;
Da ihr euch zeigt so wohlgeneigt,
Sei auch mein Groll verbannt!"

Der König hielt nicht länger sich,
Von mildem Sinn erfüllt:
„„Robin, dir sei nun frank und frei
Die Wahrheit ganz enthüllt!

„„Ich bin der König, euer Herr,
Der eurem Blick sich zeigt.““
Als Robin da die Wahrheit sah,
Ist schon sein Knie geneigt.

Der König sprach: „„Steh wieder auf!
Dir sei in Huld verziehn!
Mein Freund, steh auf! — wer hemmt den Lauf
Der Gunst, die ich verliehn?““

Laut jubelnd ging's nach Nottingham,
Daß dort das Volk wohl meint
Den König todt, die Stadt bedroht,
Im Anzug schon den Feind.

Der Pflüger ließ den Pflug im Feld,
Die Esse ließ der Schmied,
Manch Alter, der geht mit Beschwer,
Am Krückstab hinkend flieht.

Doch als der König Kunde gab
Dem Volke, was geschehn,
Im Chore schallt sein: „Gott erhalt'!"
„Heil, unsre Stadt bleibt stehn!"

Der Sheriff frug: „„Ist dies Robin,
Der Schelm, der mir verhaßt,
Der wunderlich mein Volk und mich
Geladen jüngst zu Gast?““

„Ei,“ rief Robin, „so thut mir's gleich!
Bestellt ein Nachtmahl frisch!
Der König sag' von diesem Tag:
Nie hielt ich bessern Tisch!“

Als Tags darauf der ganze Zug
Aufbrach mit Mann und Roß,
Zog auch Robin nach London hin
In's hohe Königsschloß.

Robin Hood verläßt den Hof.

Als Robin fünfzehn Monde kaum
Am Königshofe war,
Verzehrt' er seiner Leute Sold
Und hundert Pfunde baar.

Am Jahresschluß verblieben ihm
Zwei Leute ganz allein,
Das war Klein John und Skablock gut,
Die wollten treu ihm sein.

Bei frohem Bogenschießen traf
Einst junges Volk Robin;
„Weh mir, weh mir!" so klagt' er schwer,
„Mein Reichthum ist dahin!

„Einst war auch ich ein Schütze gut
Von fester sicherer Hand;
Man pries den besten Schützen mich
Im lustigen Engelland.

„Weh mir, weh mir!" so klagt' er schwer,
„Weh mir und dreimal weh!
Bleib' ich beim König länger noch,
Vor Trübsal ich vergeh'!"

Da wandte Robin Hood sich ab
Und ging zum König grad:
„O König Englands, hoher Herr,
Gewähr' mir eine Gnad'!

„Ich baut' ein Kirchlein in Barnesdal',
Gar lieblich ist's zu sehn,
Marien Magdalenen geweiht,
Und dorthin möcht' ich gehn.

„Die letzten sieben Nächte drob
Kein Schlaf in's Aug mir kam,
Die letzten sieben Tage drob
Nicht Trank, nicht Speis' ich nahm.

„Mich treibt's nach Barnesdal' mit Macht,
Es leidet mich nicht fern,
Barfüßig und im Büßerhemd
Dahin wohl eilt' ich gern."

Der König sprach: „„Und ist es so,
So mag nichts besser sein,
Ich geb' dir Urlaub, doch nicht mehr
Als sieben Nächt' allein.""

„O schönen Dank, Herr!" rief Robin
Und fiel auf's Knie alsbald,
Dann Abschied nahm er artiglich
Und schritt zum grünen Wald.

Und als er kam zum grünen Wald
In fröhlicher Morgenzeit,
Da hört' er lustigen Vogelsang
Vielstimmig weit und breit.

„Wohl lange Zeit ist's,“ sprach Robin,
„Daß ich zuletzt war hier;
Und einmal wieder schöß' ich gern
Auf's liebe braune Thier!“

Robin schoß einen mächtigen Hirsch,
Führt dann sein Horn zum Mund,
Der Ton ist allen Vogelfrei'n
In diesem Walde kund.

Sie sammeln sich in Rotten schnell;
Kaum eines Schusses weit
Stehn hundert vierzig prächt'ge Bursch'
In eine Schaar gereiht.

Sie nehmen fein die Hüte ab
Und beugen dann ihr Knie;
„Willkommen Meister,“ riefen all',
„Im grünen Holz allhie.“

So lebt' er zwanzig Jahr und zwei
Im grünen Waldesdicht,
Und alle Macht des Königs bracht'
Zurück zu Hof ihn nicht.

Der König jagt auf Robin Hood.

Wohl hat er fürstlich ihm verziehn,
Als Robin vor ihm stand,
Den König doch verdroß es hoch,
Als er sich heimgewandt.

Vom Hofe eilt der König fort,
Es grollt ihm Herz und Muth,
Und dort und da, wohl fern und nah
Frägt er nach Robin Hood.

Und als er kam nach Nottingham,
Robin im Walde lag;
„Nun laßt uns gehn und laßt mich sehn,
Wer ihn wohl finden mag?"

Als Robin hört', der König zieh'
Auf ihn heran zur Jagd,
Da sprach Klein John: „Wir ziehn davon,
Wo's besser uns behagt."

Sie flohn aus Sherwoods lust'gem Wald,
Nach Yorkshire ging ihr Zug;
Der Fürst zog aus mit Schall und Braus,
Doch nimmer nah genug.

Doch Robin hält nicht an, bis er
Newcastle's Stadt erreicht,
Ruht Stunden zwei, vielleicht auch drei,
Drauf er gen Berwick weicht.

Als Robins Flucht der König sah,
Kaum zähmt' er den Verdruß,
Folgt überall mit Braus und Schall:
„Dich fang' ich doch zum Schluß!"

„„Nur fort und fort!"" ermahnt Klein John,
„„Folg' uns, wer's kann und wagt!
Nach Carlisle heut', ihr lieben Leut',
Dann nach Lankaster jagt!""

Nach Chester von Lankaster ging's,
Und nach's der König that;
Robin in Hast hält nimmer Rast
Und fürchtet den Verrath.

„Laßt uns nach London," sprach Robin,
„Zur Fürstin unerreicht!
Derweil uns jagt ihr Herr, behagt
Gesellschaft ihr vielleicht."

Und als er vor der Königin stand,
Beugt' er sein Knie und Haupt:
„Ich spräche gern mit unserm Herrn
Ein Wort, wenn ihr erlaubt."

Antwortet drauf die Königin:
„„Er ist in Sherwoods Wald,
Er gab beim Gehn mir zu verstehn:
Den Robin seh' ich bald.""

„So lebt denn wohl, holdselige Frau,
Nach Sherwood treibt's mich fort,
Daß mir's kein Hehl was sein Befehl;
O fänd' ich ihn noch dort!"

Der König kehrte voll Verdruß,
Und müdgehetzt zurück;
Als er vernahm, wie Robin kam,
Verwünscht' er sein bös Glück.

Die Fürstin sprach: „Willkommen heim,
Mein König und Gemahl!
Kühn Robin Hood, der Schütze gut,
Hat euch gesucht zumal."

Der König lacht: „„Ich such' ihn selbst,
Den Schelm, an Wochen drei;
Sucht' er nach mir, so haben wir
Kein Glück wohl allezwei.""

Robin Hood und Königin Katharine.

Robin nahm Gold in Hüll' und Füll'
Den Königsboten ab,
Doch sandt' er's an die Königin
Als eine Ehrengab'.

„Und leb' ich nur dies Jahr zu End',"
Sprach Käth', die Königin,
„Dir Robin Hood und deiner Schaar
Erweist sich hold mein Sinn!"

In ihr Gemach begibt sie sich,
So eilig sie nur kann,
Sie ruft den Richard Patrington,
Den Pagen traut heran.

„Komm her zu mir, komm her zu mir,
Du trauter Page mein,
Du mußt jetzt fort nach Nottingham,
So rasch es nur mag sein.

„Und wenn du nah bei Nottingham,
Durchforsch' den Wald mir gut,
Bei ein' und anderm Landsaß wohl
Erfrägst du Robin Hood."

Er ging ein Stück, er lief ein Stück,
So rasch es konnte sein;
Und als er kam nach Nottingham,
Im Schenkhaus sprach er ein.

Und als er so in Nottingham
Nun saß im Schenkhaus drin,
Trank eine Flasche Rheinweins er
Auf's Wohl der Königin.

Ein Freisaß, ihm zur Seite, frug:
„Sag mir, du Page lieb,
Welch' ein Geschäft und Auftrag dich
So weit nach Norden trieb?"

„„Herr, mein Geschäft und Auftrag ist,
Ich sag's mit gutem Muth,
Bei ein' und anderm Landsaß wohl
Erfragen Robin Hood.""

„Ich steige morgen früh zu Roß,
Bevor der Tag noch klar,
Und zeig' den kühnen Robin dir
Und seine lust'ge Schaar."

Als vor Robin der Page stand,
Senkt' auf sein Knie er sich:
„„Es grüßt euch schön die Königin,
Sie grüßt euch schön durch mich.

„„An Londons Hof beruft sie euch;
Laßt jede Furcht verbannt!
Ein Festspiel gibt's; hier diesen Ring
Empfangt von ihrer Hand.““

Den Mantel grünen Linkolntuchs
Vom Rücken nahm Robin,
Daß ihn der Page zum Geschenk
Darbring' der Königin.

Zur Sommerszeit als grün das Laub,
Sah jeglich Aug' erfreut,
Wie Robin Hood das Kleid gewählt
Für sich und seine Leut'.

Sie zogen all' in Linkolngrün,
Haargleich, wie er's gebot,
Die Hüte schwarz, die Federn weiß,
Er selbst in Scharlachroth.

Und als er kam an Londons Hof,
Beugt er das Knie sogleich;
Die Königin rief: „Dich und dein Volk,
Willkommen heiß' ich euch!"

Der König schritt gen Finsbury
Im Zug von Kriegerreihn,
Kühn Robin und sein lustig Volk
Die folgten hintenbrein.

Die Fürstin sprach: „Erst wüßt' ich gern:
Was ist der Kampfpreis hier?"
„„Dreihundert Tonnen Wein vom Rhein,
Dreihundert Tonnen Bier;""

„„Dreihundert Hirsch' aus Dallomspark,
Die fettsten, die zu sehn!""
„Ein fürstlich Wettspiel!" rief die Frau.
„Das muß ich zugestehn!"

Den Bogenträger rief der Fürst:
„„Komm, Tepus, komm herbei!
Mit dieser Schnur miß uns das Ziel,
Wie lang die Schießbahn sei.""

Da bat ein Clifton rasch und keck:
„Das Fernmaß nicht geschont!
Mein hoher Herr, wir schießen gar
Auf Sonne und auf Mond."

„„Dreihundert Schritt sei fern das Ziel,
Dreihundert steckt mir ab!""
„Den Bogen wett' ich," Clifton sprach's,
„Ich spalt' den Weidenstab."

Des Königs Schützen legten an,
Drei trafen gut das Ziel;
Die Damen schrien: „O hohe Frau,
Traun, ihr verliert das Spiel!"

„„Erhört mich!"" rief die Königin,
„„Seht knieend hier mich flehn;
Will Keiner aus des Königs Rath
Auf meiner Seite stehn?""

„„Komm her zu mir, Sir Richard Lee,
Du bist ein Ritter gut,
Dein edler Stammbaum sagt mir's ja,
Daß du aus Gowers Blut!""

„„Komm her, Bischof von Herefordshire,
Du Priester ehrenreich!""
„Bei meinem Silberhut, ich wett'
Kein Pennystück für euch!"

„Der König hat die eigne Schaar
Von Schützen kunstgewandt;
Die euren sind nur fremdes Volk,
Uns allen unbekannt."

„„Wenn für uns nicht, doch gegen uns
Was wett'st du?"" frug Robin;
Der Bischof sprach: „Bei meinem Hut,
Den Säckel und was drin!"

„„Was ist im Säckel?"" frug Robin,
„„So schütt' ihn auf den Grund!""
Der Bischof drauf: „An Nobeln sind's
In Gold bei hundert Pfund."

Robin auch seinen Säckel löst'
Und warf ihn auf das Feld;
Will Skablock lacht': ich kenne wohl
Den, der gewinnt dies Geld!

Des Königs Schützen legten an,
Noch dreimal trafen sie,
Die Damen schrien dem Robin zu:
„Nun, Närrchen, beug' dein Knie!"

Der König sprach: „Drei sind's und drei,
Jetzt hängt's an euren Drein!"
Der Fürstin flüstert Robin zu:
„Des Königs Theil sei klein!"

Und Robin legt den Pfeil jetzt an
Und schießt ihn kunstvoll ab;
Klein John mit gutem Zirkelschuß
Zerspellt den Weidenstab.

Der kleine Midge, des Müllers Sohn,
Das Ziel nicht schlechter hält,
Sein Pfeil drang fingersnah zum Kern:
„Nun, Bischof, bring' dein Geld!"

„Erhört mich, Herr," die Fürstin sprach's,
„Laßt knieend mich's erflehn,
Schenkt Allen Gnade, die ihr seht
Auf meiner Seite stehn!"

„„Zum Kommen geb' ich vierzig Tag,
Zum Gehn auch vierzig Tag,
Dreimal soviel zu Spiel und Tanz,
Ob's Freund, ob Feind sein mag.""

„Willkommen Robin," sprach sie drauf,
„Klein John, das gilt auch dir,
Und Midge, dem Müllersohn, — seid all'
Willkommen dreimal mir!"

Der König frug: „Ist dies Robin?
Es kam mir doch Bericht,
Daß man in Nordens Forsten ihm
Ausblies das Lebenslicht."

„„Ist dies Robin?"" der Bischof frug,
„„Wohl scheint mir's sein Gesicht;
Kein Pennystück hätt' ich gesetzt,
Wenn ich erkannt den Wicht.

„„Sonnabends war's, daß er mich fing,
An einen Baum mich schloß,
Und Messe lesen mußt' ich ihm
Und seinem saubern Troß.""

„Dran that ich wohl," sprach Robin Hood,
„Die Messe gab mir Glück;
Zum Dank dafür nimm deines Golds
Die Halbscheid hier zurück."

„„Nicht also, Meister!"" rief Klein John,
„„Nicht wirf das Gold von dir!
Trinkgelder gibt's für's Hofgesind
Und nützt noch dir und mir.""

Robin Hood und der Bettler.

1.

Es war zur Zeit als Robin Hood
An Jahren reich und Mühn,
Da ging er 'mal aus Barnesdal'
Im schönen Abendglühn.

Da traf er einen Bettler an,
Der schritt mit festem Gang,
Trug einen Stecken in der Hand,
Der war gar zäh' und lang.

Ein Mantel hing um ihn zersetzt,
Wohl gegen Frost zur Wehr,
Das kleinste Stückchen war geflickt
Wohl zwanzigmal und mehr.

Sein Mehlsack um die Schultern hing
An einem Lederstreif,
Mit breiter Schnalle festgemacht,
Die war gar stark und steif.

Er trug drei Hüte auf dem Kopf,
Der ein' im andern steckt;
Er achtet Wind und Wetter nicht,
So weit sein Pfad sich streckt.

Robin vertrat ihm jetzt den Weg,
Ihn däucht's des Schauens werth;
Er denkt, wenn Geld ein Bettler hat,
Sei dem ein Theil beschert.

„Halt an, halt an," rief Robin Hood,
„Halt an nur auf ein Wort!"
Der Bettler that als hört' er nicht
Und schritt noch rascher fort.

„Nicht so gemeint ist's," sprach Robin,
„Nun hör' und stehe still!"
„„Bei meiner Treu,"" der Bettler drauf,
„„Das ist's, was ich nicht will!

„„Es will schon werden späte Zeit,
Noch weit hab' ich nach Haus;
Versäumt' ich dort mein Abendmahl,
Es säh gar albern aus.""

„Nun, meiner Treu," sprach Robin Hood,
„Ich seh's an deiner Eil',
Gut sorgst du für dein Abendbrot,
Doch minder für mein Theil.

„Den ganzen Tag noch aß ich nicht,
Weiß nicht, wo Nachts ich ruh',
Und wollt' ich in die Schenke gehn,
Fehlt mir das Geld dazu.

„Drum mußt du leihn mir etwas Geld,
Bis wir uns wiedersehn."
Der Bettler doch sprach ärgerlich:
„„Ich hab kein Geld zu Lehn.

„„Du bist ein Mann so jung wie ich,
Doch scheinst ein träger Gauch,
Und fastest du bis ich dich speis',
Bleibt leer dies Jahr dein Bauch.""

„Nun, meiner Treu," sprach Robin Hood,
„Weil wir beisammen schon,
Der Pfennig, den du hast, sei mein,
Bevor du ziehst davon.

„Drum leg den Lumpenmantel ab,
Besinne dich nicht viel,
Thu deiner Säcke Riemen auf,
Laß meiner Hand frei Spiel.

„Und nun gelob' ich dir's bei Gott,
Entfährt dir nur ein Laut,
Versuch ich's, ob ein Breitpfeil bringt
Durch eines Bettlers Haut!"

Der Bettler lachend Antwort gab:
„„O laß mich ungeneckt!
Der Tand, dein dummes krummes Holz,
Glaub' nicht, daß es mich schreckt!

„„Glaub' nicht, daß mich in Furcht versetzt,
Dein Kinderspiel von Pfeil!
Ich wüßte nicht, wozu er nütz,
Wenn nicht zum Puddingspeil.

„„Hier trotz' ich dir und lache dein,
Wie du auch toben magst,
Du holst dir Unheil nur von mir,
So oft du's mit mir wagst.““

Den edlen Bogen nahm Robin,
Vom Zorne heiß entbrannt,
Er legte drauf den breiten Pfeil,
Hielt sein Geschoß gespannt.

Der Bettler mit dem edlen Stab
Gab rasch ihm solchen Hieb,
Daß Pfeil und Bogen weitherum
In kleinen Splittern trieb.

Nach seinem Schwerte griff Robin,
Doch hielt's nicht besser Stand;
Der Bettler mit dem Stecken klopft'
Ihn tüchtig auf die Hand.

Fürwahr er kann das Schwert nicht ziehn
Wohl vierzig Tag' und mehr;
Kein Wörtlein bringt Robin heraus,
Nie war sein Herz so schwer.

Nicht fechten konnt' er und nicht fliehn,
Nicht wußt' er, was zu thun?
Der Bettler klopft drauf los und läßt
Den edlen Stab nicht ruhn.

Er bläute Robin weiblich durch
Und zahlt' ihm derben Lohn,
Der Stecken walkt' ihn ab und auf,
Bis ihm die Sinne flohn.

Der Bettler höhnt': „„Ei, Mann, steh' auf!
Pfui, wer so schlafen kann!
Steh' auf und nimm mein Geld mir ab,
Das stünde baß dir an.

„„Geh' dann in's Schenkhaus und bezahl'
So Wein als Bier genug,
Daß deine Freunde prahlen stolz,
Du kamst vom Beutezug!""

Robin antwortet nicht ein Wort,
Lag wie ein Stein in Ruh,
Sein Antlitz war wie Kreide bleich
Und seine Augen zu.

Der Bettler, der für todt ihn hielt,
Schritt tapfer an sein Ziel; —
Wie schad', daß ihr nicht war't dabei,
Nicht spieltet mit das Spiel!

2.

Da zogen dieses Wegs vorbei
Drei Leut' aus Robins Schaar
Und fanden liegen ihn im Feld,
Wohl aller Sinne bar.

Sie hoben ihren Meister auf
Mit Jammerlaut und Klag',
Doch ringsum ist kein Mensch zu sehn,
Der Auskunft geben mag.

Und als sie seinen Leib besehn,
War keine Wunde dran,
Nur aus dem Mund ein reicher Quell
Von rothem Blute rann.

Sie spritzten kaltes Wasser schnell
Ihm über's Angesicht,
Da öffnet er die Augen schon,
Nicht lange währt's, er spricht.

Sie fragten: „„Meister, gebt uns kund,
Was euch befiel zur Zeit?""
Da seufzt Robin, bevor sein Mund
Dem Unfall Worte leiht.

„Ich halt' in diesen Forsten Wacht
Bei vierzig Jahre schier,
Doch nie ward ich so arg bedacht,
Wie ihr mich fandet hier.

„Ein Bettelmann im Lumpenrock,
Von dem ich's nicht versehn,
Hat mich geschmiert mit seinem Stock;
Nun ist's um mich geschehn!

„O seht ihn dort, drei Hüt' am Kopf,
Hinziehn den Hügelpfad;
Wenn je euch euer Meister lieb,
So rächt ihr jetzt die That.

„Und wenn es nur in eurer Macht,
So bringt ihn mir zurück,
Daß, eh' ich sterbe, ich ihn seh'
Gestraft vor meinem Blick.

„Doch könnt ihr ihn nicht bringen her,
Entlaßt ihn nicht zu leicht!
Es droht uns Allen Schmach und Spott,
Wenn nochmals er entweicht!"

„„Von uns bleibt Einer hier bei euch,
Da, Meister, ihr in Pein,
Die Andern bringen ihn zurück,
Ihr sollt ihm Richter sein!"„

„Nun, meiner Treu," sprach Robin Hood,
„Daß ihr gewarnt mir seid!
Laßt ihr den Stock ihn führen frei,
Er zahlt euch aus allbeid'!

„Drum schneidet schlau den Weg ihm ab,
Bevor er euch ersehn,
Bemächtigt euch des Stocks zuerst,
So wird's am besten gehn."

„„Seid ohne Sorge, Meister lieb,
Uns Zwei besiegt er kaum,
Der Bettelheld, der sonst nichts hat
Als einen Ast vom Baum!

„„Sein Holz ihm nicht viel helfen soll!
Gebunden seh' er bald,
Ob ihr ihn niederschlagen laßt,
Ob hängen in dem Wald.""

Robin, der mit dem Einen blieb,
War wie ein Kind zu sehn,
So alt er war, an fremder Hand
Lernt er jetzt gehn und stehn.

Die beiden Andern eilten fort,
Vertraut mit Weg und Steg;
Auf nähern Pfaden kürzten sie
Drei Meilen sich vom Weg.

Nicht ruht das Paar, bis es die Bahn
Dem Bettler abgewann;
Ein kleines Wäldchen lag im Thal,
Da hielten jetzt sie an.

Sie wählten jeder einen Baum
Am Zugang beiderseit;
Da kam heran der Bettelmann,
Der sich versah kein Leid.

Der Bettler schritt dazwischen hin,
Sie sprangen auf ihn dreist,
Der Eine hielt den Stecken fest,
Den scheuten sie zumeist.

Der Andre setzt den blanken Dolch
Ihm an die Brust behend:
„Laß, Schurke, deinen Stecken los,
Sonst ist's dein letztes End!"

Sie nahmen ihm den Langstock ab,
Der steckt jetzt dort im Grund;
Er ließ ihn nur mit Ingrimm los
Zu seiner schlimmsten Stund'.

Der Bettler war der ärmste Mann,
Den's je auf Erden gab:
Kein Ausweg, wo er fliehen kann!
Ganz hülflos ohne Stab!

„„Laßt mir das Leben!"" rief er bang,
„„Um Christi Leib und Noth!
Und thut das garstige Messer weg,
Die Angst bringt mir den Tod!

„„Ich that mein Lebtag euch kein Leid,
Wohl nun und nimmermehr!
Wenn ihr solch armen Mann erschlagt,
Versündigt ihr euch schwer.""

„Bei allen Eiden," riefen sie,
„Das lügst du, Bösewicht!
Den besten Mann erschlugst du fast,
Der je gewallt im Licht.

„Drum bringen wir gebunden dich
Zu ihm zurück alsbald,
Dann sieh: ob er erschlagen dich,
Ob hängen läßt im Wald?"

Der Bettler denkt: nun ist's vorbei!
Die Beiden sind sein Tod;
O hätt' er seinen Stab nur frei,
Der hälf' aus aller Noth!

Er brütet, wie er die Gewalt
Besiegt mit List vielleicht;
Der scharfe Wind ist ihm nach Wunsch,
Der durch die Felder streicht.

Er sprach: „„Ihr edlen Herrn, seid gut!
Schont eines armen Wichts!
Traun, eines armen Bettlers Blut
Hilft euch soviel wie nichts.

„„Nur Nothwehr war's in Streit und Strauß,
Wenn ich ihm that ein Leid;
Mit euch gleich' ich die Rechnung aus,
Daß ihr im Vortheil seid!

„„Schenkt ihr die Freiheit mir zur Stund
Und thut mir kein Beschwer,
So geb' ich euch wohl hundert Pfund,
Und Silbers noch viel mehr!

„„Ich hab's in diesem Lumpenrock
Gesammelt manches Jahr,
Und in den Tiefen meines Sacks
Geborgen vor Gefahr.""

Sie sprachen: „Schurke, spute dich,
Dein Geld nun zähle her,
Das nur ein Bußgeld eigentlich
Für deine Schandthat wär'.

„Doch schenken wir dir freie Bahn,
Geschehe, was da soll,
Wenn, was du sagst, du auch gethan,
Gezahlt die Summe voll."

Er löst den Lumpenmantel ab,
Den er zu Boden legt,
Drauf zwischen Jene und den Wind
Er manches Bündel trägt.

Vom Nacken nahm er einen Pack
Voll Mehles, groß und schwer,
Zwei Metzen mindstens hielt der Sack,
So däucht mich, wenn nicht mehr.

Er legt ihn auf den Mantel hin,
Die Mündung öffnend weit,
Dann bückt er sich, zu wühlen drin,
Die Beiden spähn zur Seit'.

Er faßt den großen Ledersack,
In jeder Hand ein End',
Und schnellt das Mehl mit raschem Schwung
In ihr Gesicht behend.

Er hatte sie geblendet so,
Sie sahn kein Stäubchen mehr,
Es jauchzt sein Herz, er schwingt gar froh
Den mächtigen Stab einher.

Er denkt, weil er so arg den Zwein
Mit Mehl bestaubt den Rock,
So müss' er ihn jetzt wieder rein
Ausklopfen mit dem Stock.

Eh Einer sich die Augen rieb,
Eh sie nur spanntweit sahn,
Ein volles Dutzend tüchtiger Hieb'
Hat Jeder schon empfahn.

Sie flohn in Hast; der Bettler rief:
„„Was rennt ihr so wie toll?
Bleibt doch! Wollt euer Geld ihr nicht?
Ich zahl' euch's gerne voll.

„„Und wenn das Lüften meines Sacks
Euch blies in's Augenpaar,
Ich hab' ein gutes Werkzeug hier,
Das putzt sie wieder klar.""

Die jungen Leut' antworten nicht,
Sie blieben stumm wie Stein,
Der Bettler schwand im Buschwerk dicht,
Sie kehrten heim allein. —

Robin befragt sie wie es ging?
Sie sprachen: „Uebler Art!" —
„Nicht möglich!" rief er, „da ihr erst
In einer Mühle wart.

„Die Mühl' ist ein nahrhafter Ort,
Da nascht man ohne Leid;
Ihr lerntet wohl das Handwerk dort,
So sagt mir euer Kleid."

Gebeugten Hauptes steht das Paar,
Das nicht ein Wörtlein sprach;
Er rief: „Weil ich in Ohnmacht war,
Mich däucht, thut ihr mir's nach."

Ob ihr Bericht ihn schlecht erfreut,
Der Racheburst ihm schmolz,
Doch lacht' er, daß die jungen Leut'
Gekostet auch vom Holz.

Robin Hood zur See.

Als Liljenkron' und Hageros'
Entknospt und froh erblüht,
Ward Robin einst in seinem Sinn
Des Walds und Waidwerks müd.

„Dem braven Fischer kommt mehr Geld
Als zwei, drei Krämern ein,
Drum will ich gehn nach Scarborough,
Ein braver Fischer sein."

Er rief herbei die lustige Schaar,
Die dort im Schatten ruht:
„Wenn Geld ihr zu verschenken habt,
So schenkt's dem Robin Hood!"

„Nun," sprach er," fort nach Scarborough!
Gab's schönern Tag wohl je?"
Er kehrt bei einer Wittfrau ein,
Hart an der grauen See.

Sie frug: „„Wo ist dein Heimathort?
Und wo dein Reiseziel?""
„Ich bin ein armer Fischersmann,
Der tief in's Elend fiel."

„„Wie ist dein Name? wackrer Bursch',
Das, bitt' ich, gib mir kund.""
„Den Simon von der Ebne nennt
Daheim mich jeder Mund."

„„Wie Simon Peter,"" sprach die Frau,
„„Mach deinem Namen Ehr!""
Ob ihrer Güt' und Höflichkeit
Erfreut sich Robin sehr.

„„Simon, willst du mein Dienstmann sein?
Ich geb' dir schönen Sold;
Ich hab' ein Schiff so gut als eins,
Das durch die Wogen rollt.

„„An Ankern fehlt's, an Planken nicht,
An Tau'n und Masten lang.""
Er sprach: „Staffirt ihr so mich aus,
Geht alles guten Gang."

Man hob die Anker, ging in See, —
Nicht zwei, drei Tage nur!
Die Andern warfen Köder aus,
Doch er die leere Schnur.

Der Bootsmann sprach: „„Das braucht noch lang,
Bis der zur See bewährt!
Von unsern Fischen kriegt er nichts,
Der Lümmel ist's nicht werth!""

Und Simon rief: „Weh mir den Tag,
Der mich gebracht zur See!
Ich wollt', ich wär' in Plomptonpark
Und jagt' auf's braune Reh!

„Hier lacht mich jeder Tölpel aus,
Und läßt mir wenig Ehr;
O hätt' ich sie in Plomptonpark!
Ich ehrte sie nicht mehr."

Man hebt die Anker, segelt fort, —
Nicht zwei, drei Tage nur!
Da nahm Simon ein Kriegsschiff wahr,
Das kühn auf sie losfuhr.

Der Bootsmann rief: „„Weh mir den Tag,
Da ich geboren ward!
Vom ganzen Fischzug bleibt uns jetzt
Kein Bissen aufgespart!

„„Der Franzmann dort, der Räuber, schont
Von uns nicht Einen Mann;
Er schleppt an Frankreichs Küsten uns,
Sperrt in den Thurm uns dann.""

Doch Simon rief: „Seid sorgenlos,
Da es der Furcht nicht lohnt!
Gebt meinen Bogen mir zur Hand,
Kein Franzmann bleibt verschont."

„„Halt's Maul, du langer Schlingel du,
Der nichts als prahlen kann!
Wärf ich dich über Bord, es wär'
Ein Lümmel weniger dann!"“

Da wurde Simon bitterbös',
Gar bös' ob diesem Wort;
Er nahm den Bogen rasch zur Hand,
Sprang an des Schiffes Bord.

„O Meister, bind' mich fest am Mast,
So ziel' ich, wie gewohnt;
Dann gib den Bogen mir zur Hand,
Kein Franzmann bleibt verschont!"

Er spannt den Bogen bis an's End,
Spannt ihn mit Kraft und Lust;
Der Pfeil in einem Augenwink
Durchbohrt des Franzmanns Brust.

Todt fiel der Franzmann auf's Verdeck,
Auf's Unterdeck dann fort;
Ein andrer Franzmann sah's und warf
Den Leichnam über Bord.

„O Meister löst mich jetzt vom Mast,
Der Furcht es nimmer lohnt!
So lang der Bogen mir zur Hand,
Kein Franzmann bleibt verschont."

Sie sprangen auf's Franzosenschiff,
Wo tobt die Mannschaft all;
Sie fanden drin zwölftausend Pfund
In blinkendem Metall.

Und Simon sprach: „Der Dienstfrau mein
Und ihren Kindlein zart
Gehör' ein Theil; ihr Brüder nehmt
Den andern als Halbpart."

Der Bootsmann doch erwiedert drauf:
„„Simon, so soll's nicht sein!
Da ihn nur deine Hand gewann,
So sei der Antheil dein.""

Und Simon rief: „Dann um dies Gold
Bau ich ein Armenhaus,
Daß Mancher drin von Müh und Noth
Einst ruh' in Frieden aus."

Robin Hoods Tod.

Am Ufer dort, wo Ginster wächst,
Sprach Robin zu Klein John:
„Wir schoßen manchen guten Schuß
Für manches Goldpfund schon.

„Doch jetzt kein Schuß mir glücken will,
Mein Pfeil das Fliegen scheut;
Im Kloster dort mein Mühmchen soll
Mir aberlassen heut."

Da brach Robin gen Kirkley auf,
So schnell als er nur kann,
Doch eh er kam dahin, bei Gott,
Gar übel ward dem Mann.

Und als er kam nach Kirkleyhall,
Da schellt er laut am Thor;
Sein Mühmchen läßt ihn ein gar schnell,
Niemand kam ihr zuvor.

„„Ei, setzt euch, Vetter,"" sprach sie hold,
„„Trinkt guten Biers ein Glas!""
„Ich esse nicht, ich trinke nicht,
Erst macht den Aberlaß!"

„„Hab' eine Zelle,"" sprach sie hold,
„„Nie faht ihr das Gelaß,
Beliebt es euch, so mach' ich dort
Euch euren Aderlaß.""

Sie reicht die Hand ihm liljenweiß
Und führt ihn in's Gemach;
Sie ließ ihm Blut, so lang hervor
Ein rother Tropfen brach.

Sie sah ihn an mit mildem Blick:
„Er ist mein Vetter gut!"
Da regt sich mitleidvoll die Hand,
Zu stillen ihm das Blut.

„Sie sah ihn an mit strengem Blick:
„Der Priester Feind ist er!"
Da sank erbarmungslos die Hand,
Das Blut floß immer mehr.

Sie ließ mit offner Ader ihn
Und schloß die Zelle dann,
Daß all den langen Tag sein Blut
Bis nächsten Mittag rann.

Da fiel sein Blick auf's Fenster frei,
Das ladet ihn zur Flucht;
Er ist zu schwach zu Sprung und Schwung,
Drum läßt er's unversucht.

Da fiel sein Blick auf's treue Horn,
Das hing zu seinen Knien;
Er setzt's zum Mund und läßt in's Rund
Drei schwache Stöße ziehn.

Das hört alsbald der kleine John
Wohl unterm Waldesbach,
„Dem Meister droht wohl Todesnoth,
Er bläst so schwer und schwach.“

Klein John lief gegen Kirkley schnell,
So schnell er kann herbei,
In Kirkleyhall sprengt er mit Hast
Zwei Schlösser oder drei;

Und als er stand vor Robin Hood,
Auf's Knie fällt der Genoß.
„„Gewährt, o Meister,““ sprach Klein John,
„„Mir eine Gnade blos.““

„Und welche Gnade?“ frug Robin,
„O nenne dein Begehr!“
„„Verbrennen laß mich Kirkleyhall
Und all sein Nonnenheer!““

„Nicht doch, nicht doch!“ sprach Robin Hood,
„Die Bitt' versag ich dir;
Nie that ich Leides einer Frau,
Und Keinem, der mit ihr.

„Nie that ich Leides einer Maid,
Und thu's auch nicht zum Schluß;
Doch gib den Bogen mir zur Hand
Und einen Pfeil zum Schuß.

„Und wo der Pfeil jetzt niederfällt,
Sollt graben ihr mein Grab;
Legt unter's Haupt, legt mir zum Fuß
Ein Rasenstück hinab;

„Legt meinen Bogen mir zur Seit',
Der wie Musik mir klang,
Und macht den Rand aus Gras und Sand,
Macht's breit genug und lang;

„Macht schlicht und schlecht das Bett zurecht
Dem Schläfer, der da ruht;
Dann spricht noch spät wer vorübergeht:
Hier liegt Kühn Robin Hood."

Anmerkungen.

Robin Hoods Geburt.

Seite 57. Diese Ballade, zuerst in Jamiesons Popular Songs nach dem mündlichen Vortrage einer Mrs. Brown mitgetheilt, behandelt zwar die neuere Sage von Rob. Hoods adeliger Abkunft und beruht sonach auf geringer historischer Glaubwürdigkeit, doch ist sie nicht im Widerspruch mit des Helden späterem Verhalten und in Ton und Haltung noch frisch und eigenthümlich.

Robin Hoods Gang nach Nottingham.

S. 61. „Auf fünfzehn Förster stieß er da."

Während der angelsächsischen Zeit war die Ausübung der Jagd von Seiten des Königs nur in so fern lästig gewesen, als derselbe das Recht hatte seine Unterthanen zur Jagdfolge (Hunt-noth) aufzubieten; ein eigentliches Jagdregal wurde in England erst eingeführt durch den ersten König normännischen Stammes. Eine solche Neuerung bedurfte bei der großen Ausdehnung der für allen Privatgebrauch geschlossenen königlichen Jagdreviere natürlich auch vieler Beamter, die für die Beachtung der königlichen Verbote sorgten und deren Uebertretung straften. Diese Beamten kommen vor unter dem Namen forestarii. Es waren hauptsächlich folgende Fälle, die in das Bereich ihrer Jurisdiction gehörten: das Essartum, worunter das Reinigen des Waldes von

Dorngebüschen u. dgl. zu verstehen ist und wahrscheinlich auch das
Fernhalten unbefugter Personen, die sich dieses Geschäft anmaß-
ten; sodann das Fällen und Verbrennen von Bäumen, das Jagen
in den Forsten; sie zogen ferner denjenigen zur Verantwortung,
der sich im Walde mit Armbrust, Wurfspieß oder Jagdhunden
blicken ließ, sowie denjenigen, der nicht dem Aufgebote zur Jagdfolge nachgekommen war, oder sein Vieh hatte in den Wald laufen lassen. Sie hatten allen Jagdfreveln, namentlich wenn z. B.
eine abgezogene Thierhaut oder Fleisch im Walde gefunden wurde,
nachzuspüren. (Vgl. Phillips Englische Reichs- und Rechtsgeschichte,
Bd. II. §. XXXI.)

S. 61. „Ich treff' das Ziel und fäll' den Hirsch
       Auf hundert Ruthen weit.“

A rod, pole oder perche (Ruthe), ein Längenmaß, welches
gewöhnlich zu 16½ Fuß, in Sherwood aber zu 21 Fuß, den
Fuß zu 18 Zoll (inches) gerechnet, angenommen wird.

S. 64. „Am Kirchhof wurden in einer Reih'
       In's Grab sie eingesenkt.

Gentleman's Magazine, April 1796 brachte folgende Notiz:
„Als vor wenigen Tagen einige Arbeiter zu Foxlane nächst Nottingham in einem Garten gruben, stießen sie auf sechs vollstän-
dige menschliche Skelette, die in regelmäßiger Ordnung hart neben
einander lagen und von denen man vermuthet, daß sie der Zahl
jener fünfzehn Förster, welche R. Hood tödtete, angehört haben
mögen.“

Robin Hood und John Klein.

S. 65. John Klein, oder wie er gewöhnlich heißt Klein John,
dieser treueste, lustigste und tapferste Genosse und untrennbare

Begleiter Robin Hoods (schon Fordun erwähnt sie zusammen: „Robertus Hude et littill Johnne") soll mit seinem eigentlichen Zunamen Nailor geheißen haben, wenn diese Benennung nicht etwa auf sein früheres Handwerk (nailor, Nagelschmied) hinweisen mag. Angebliche Nachkommen Johns mit dem Familiennamen Nailor existirten noch zu Ende des vorigen Jahrhunderts. Um dieselbe Zeit befand sich in dem Besitze eines Edelmanns in Yorkshire ein Bogen, angeblich von Klein John herrührend und mit dem Namen „Naylor" bezeichnet. Nach Robin Hoods Tode und Zerstreuung seiner Bande soll Klein John sich in Irland und Schottland flüchtig herumgetrieben haben; eine Sage läßt ihn sogar auf Arborhill in Dublin hingerichtet werden. Jedenfalls streiten drei Länder (England, Schottland und Irland) um die Ehre seine Todes- und Begräbnißstätte in sich zu schließen; die Wahrscheinlichkeit jedoch spricht für England. In der Ortschaft Hathersage, 6 englische Meilen von Castleton in Derbyshire, wird noch Johns Wohnhaus und dessen Grabstätte mit zwei aufrecht stehenden Steinen gezeigt. Letztere ward gegen Ende des vorigen Jahrhunderts auf Veranlassung eines Neugierigen geöffnet und daraus ein menschliches Gerippe ausgegraben, dessen ungewöhnliche Größe mit den traditionellen Körperverhältnissen Johns völlig übereinstimmte. Da diese Entheiligung der Grabesruhe dem Veranlasser derselben und dem dabei mitwirkenden Küster eine Reihe von Unfällen zuzog, wurden jene Reste bald wieder der Erde zurückgegeben. Johns Grab und dessen Umgebung war lange berühmt die besten Schleifsteine zu liefern. In dem bekannten „Morristanz" ist der Figur Klein Johns eine der Hauptrollen zugetheilt.

S. 68. „Was ist hier los? frug Will Stuteley."

William Stuteley, auch Stouteley, ein oftgenanntes Mitglied der Schützenschaar Robin Hoods, so benannt wahrscheinlich nach seiner hervortretendsten Eigenschaft (stoutly, herzhaft, tapfer).

Robin Hood und Maid Marian.

S. 72. Maid Marian (auch Marion) spielt in dem Cyclus der Robin Hoods-Traditionen eine so bedeutende Rolle, daß die Aufnahme der von ihr handelnden, wiewohl dichterisch unbedeutenden Ballade neuern Datums in diese Sammlung gerechtfertigt sein dürfte. Weder im „Lytell geste" noch in einer der ältern Balladen findet sich eine Erwähnung Marions. Doch in den beiden alten Schauspielen „The death" und „Downfall of Robert Earl of Huntington" (geschrieben vor 1600) spielt sie bereits eine Hauptrolle und wird auch in Dramatikern und andern Schriftstellern jener Zeit sehr häufig genannt. Der in alter Zeit so berühmte und volksthümliche Morristanz zählte zu seinen stehenden Charakteren nebst Robin Hood, Klein John und dem Frater Tuck, auch Maid Marian. Dieser Tanz hat seinen Namen von dem spanischen Morisco- (Mohren-, Mauren-) Tanz, jetzt Fandango, nahm jedoch in England dem Volkscharakter gemäß eine wesentlich andere Gestalt an. Nebst obgenannten vier Charaktermasken bestand der Morristanz noch aus einem Clown oder Narren, dem Reiter des Steckenpferdes (Hobby-horse), dem Tamburinschläger und Tänzern ohne bestimmte Zahl. Bei den zu Ehren Robin Hoods errichteten Maispielen, welche ursprünglich Schützenfeste zur Ermunterung des Schützenwesens waren, fand gewöhnlich auch der Morristanz statt, doch war dieser nicht die Hauptsache der Ceremonie. Mit dem Verfall des Schützenwesens gingen die Maifeste allmählich in die andern Frühlingsfeiern über. Maid Marian jedoch blieb die Fürstin dieser Feste; sie ist die holde Königin des Mai, wie Robin Hood der heitere Maikönig. Maispiele untergeordneter Art waren die Tänze um den Maibaum in den Dörfern, vielleicht Ueberreste der altgermanischen Frühlingsfeste oder wohl gar der römischen Floralia. —

Die Volkssage, welche der „Maid Marian" eine so hervorragende
Stelle im Herzen und im Gefolge Robin Hoods anweist, erzählt
uns weiter, daß dieß ursprünglich der Name sei, welchen die
schöne Matilda, Tochter Lord Robert Fitzwaters, zur Zeit der
Ächterklärung Robin Hoods angenommen habe. Sie soll vor der
fürstlichen Zudringlichkeit des Prinzen John zu ihrem ersten Geliebten, Robin Hood, in die Wälder geflohen sein. Das noch
ziemlich wohlerhaltene Grabmal dieser Matilda Marian wird in
der vormaligen Prioratskirche von Dunmow in Essex noch heute
gezeigt. (Vgl. auch Brand's Observations on popular antiqui-
ties etc. London 1841 und Strutt's Sports and Pastimes of
the people of England etc. London 1845.)

Robin Hood und der Töpfer.

S. 80. „Bedenk . . . .
        Der Sheriff ist dir gram."

Hier geschieht des Hauptfeindes Robin Hoods, des verhaßten
Sheriffs von Nottingham zuerst Erwähnung. Ritson nennt nach
Fullers „Worthies of England" die Namen Ralph Murdach
und mehrere Jahre nach diesem William Brewerre als Sheriffe
von Derby- und Nottinghamshire zur Regierungszeit Richards I.,
als dessen Zeitgenosse Robin Hood in den vorliegenden Balladen
angenommen wird.

Der Sheriff ist ein hoher richterlicher Würdenträger in England. Durch die Angelsachsen war deren heimatliches Gerichts-
wesen auch nach Britannien verpflanzt worden. Die kleineren
Gemeinden, in welche der Gau (scire) zerfiel, hatten so wie dieser
ihre besonderen Gerichte. So bestanden die Zehntgerichte, die
Gerichte der Hundreden und die großen Gaugerichte; die letzteren wurden gehalten unter dem Vorsitze des Sciregerefa, eines

ursprünglich aus der Gemeinde von ihr selbst gewählten, späterhin aber vom Könige aus der Zahl seiner Gefolgsgefährten (Geferan) eingesetzten Beamten. Auch die Vorsteher kleinerer Gemeinden kommen unter der Benennung Gerefan vor, welche, wie angedeutet, mit dem germanischen Gefolgschaftwesen zusammenhängt. Als unter den normännischen Königen für jede einzelne Shire ein Comes als königlicher Statthalter eingesetzt war, fing man an den ehemaligen Sciregerefa auch mit dem Ausdrucke Vice-Comes (Vescaunt) zu bezeichnen und seinen Wirkungskreis wesentlich der königlichen Curie namentlich in allen Entscheidungen, bei welchen das Interesse des Königs im Spiel war, unterzuordnen. (Vgl. Phillips a. a. O.)

S. 82. . . . . „Nehmt Handwasser, dann zum Mahl!"

„Der Akt des Händewaschens vor und nach jeder Mahlzeit, in früheren Zeiten allgemein gebräuchlich, scheint seit Einführung der Gabeln um das Jahr 1620, welches Werkzeug unsere Vorfahren mit den Fingern ersetzen mußten, außer Uebung gekommen zu sein." (Ritson a. a. O.)

Robin Hoods Kirchengang.

S. 89. Die Begebenheit, welche als die historische Grundlage dieser Ballade anzusehen ist, findet sich in der „Einleitung" zu diesen Blättern S. 31 mit den Worten des Chronisten Fordun ausführlich mitgetheilt.

S. 90. „Warnt Much, des Müllers Sohn."

Dieser oft genannte Gefährte Robin Hoods mag nach der vorherrschenden Meinung seinen Namen Much (Viel, Groß) wohl in eben so positiver Art von seiner Körperkraft und Größe erhalten haben, wie Klein John den seinigen in ironisch-negativer

Weise, und es wäre demnach anzunehmen, daß in Robin Hoods Gefolgschaft ein solches Riesenpaar als dessen treueste Leibwache vor allen hervorragte. Spenser Halls gegentheilige Vermuthung (a. a. O.), der Beiname Much beruhe auf derselben Logik des Gegensätzlichen, wie die Bezeichnung Little (klein) bei dem riesigen John, und sei dem Kleinsten der Schaar verliehen worden, scheint indeß doch nicht ganz unstichhaltig im Hinblick auf den Umstand, daß Much in den Balladen auch oft unter dem zwar klangverwandten, aber einen Kleinheitsbegriff ausdrückenden Namen Midge (Mücke), ja geradezu unter der Bezeichnung „der kleine Midge" vorkommt. Freilich könnte letztere möglicherweise eben auch nur ironisch gemeint sein. Wenn so contradictorische Epitheta für ein' und dieselbe Person zusammentreffen, ist bei dem Abgang sonstiger Anhaltspunkte die Entscheidung sehr schwierig, welches von beiden das ernsthaft gemeinte, welches das scherzhafte sei? Aus all diesen Scherznamen geht aber unzweifelhaft hervor, daß Robin Hoods Bande, gleich manch anderer ungesetzlicher Genossenschaft späterer Tage, alle Ursache hatte, ihre wirklichen Namen hinter angenommenen oder fingirten Bezeichnungen zu verbergen.

S. 98. „Und John und Much und Will Skadlock."

Ein gleichfalls oft erwähnter Gefährte R. Hoods war William Scarlett, auch Skadlock, Skathelock (wörtlich Locken- oder Haarverberber) genannt, letzteres wahrscheinlich von seiner Gewandtheit, den Gegnern im Kampfe den Schädel einzuschlagen. „Manche der Namen aus den alten Balladen," so berichtet ein neuerer Tourist, „haben sich in Familien erhalten, welche noch heute in den Umgebungen des Sherwoodforstes leben. Unter diesen rühmen sich die Scarletts ihrer sächsischen Abkunft und wissen noch mancherlei Thaten ihrer Voreltern aus den Tagen Robin Hoods zu erzählen. Das ländliche Wohnhaus, in welchem deren Abkömmlinge jetzt leben, trägt unverkennbare Spuren hohen

Alterthums; die Haken an dem massiven eichenen Sparrenwerk hatten ohne Zweifel manches Stück fetten Damwildes zu tragen. Der erhöhte Herd und die alten Feuerböcke gehören einem fernen Zeitalter; die Bänder und Beschläge des Hausthores könnte ein Alterthümler nur mit Andacht beschauen. Die zierlich gewundenen Rauchfänge fesseln den staunenden Blick des Fremblings, den sein. Weg durch diese Strecken von Stechginster und Haide- und Farrenkraut führt, welches knietief und meilenweit am Saume des Forstes wuchert. In diesem Hause ward der jetzige Besitzer Hubert Scarlett vor 40 Jahren geboren; seit mehreren Menschenaltern trägt nämlich der älteste Sohn den Taufnamen Hubert. Er ist wie seine Vorfahren von Beruf ein Förster." (S. Pictures of county life, and sommer rambles, by Thomas Miller. London 1846.)

Robin Hood und Guy von Gisborne.

S. 103. Gisborne ist ein Marktflecken im Westen von Yorkshire an der Gränze von Lancashire. Des hier gemeinten Guy von Gisborne geschieht zwar durch einen bekannten schottischen Dichter, William Dunbar, im fünfzehnten Jahrhundert bereits Erwähnung, welcher ihn neben Robin Hood, Adam Bell und andern Celebritäten als einen Helden ähnlichen Gepräges nennt; doch ist von Guy's Thaten und Erlebnissen nichts auf die spätere Nachwelt gelangt. Darin war das Glück den andern Genannten günstiger.

Die vorliegende Ballade gilt übrigens als eines der ältesten und bestangelegten Stücke des ganzen Liederkreises.

S. 109. „Wer nicht verwandt, bekannt den Zwein."

„Kythe nor kin" ein alter alliterirender Ausdruck für die im Mittelalter heilig gehaltenen Geschlechts- und Freundschaftsgenossenschaften. (Dönniges.)

S. 109. „Wie sie mit Klingen hell und blank
Im Kampf zu Leib sich gehn."

„With blades both browne and bright," buchstäblich:
„mit Klingen braun und glänzend," was jedoch ein Widerspruch
wäre. Zwar bemerkt Bischof Percy (Reliques etc.) zu dieser
Stelle, daß brown bei den alten Dichtern das gewöhnliche Epi-
theton für Schwerter und andere Angriffswaffen sei (z. B. brown
brand, brown sword, brown bill), zuweilen sogar in der Zusammenstellung mit „glänzend" (bright brown sword); er weist
darauf hin, daß Chaucer und Spenser in ähnlicher Bedeutung
das Wort rusty (rostig) gebrauchten, und meint es habe den An-
schein, daß unsere Vorfahren wenig Werth auf die Blankerhaltung
der Waffen legten, es vielmehr für ehrenhafter hielten, diese ge-
tränkt mit dem Blute ihrer Gegner zu zeigen. Allein diese Be-
merkungen lösen jenen Widerspruch nicht, welcher noch erhöht
wird, wenn man sich Glanz und Blutrost in Verbindung denkt.
Der Uebersetzer hielt sich daher an die ihm freundlichst mitgetheilte
Deutung eines verehrten Germanisten (K. Weinhold), welcher das
altenglische browne hier für gleichbedeutend mit dem altdeutschen
brûn (hell, glänzend) erklärt.

Robin Hood und der Bischof.

S. 113. „Wenn mich der Bischof fängt,
Erbarmungslos fällt dann mein Loos,
Ich weiß, daß er mich hängt."

Wohl eine Hindeutung auf die jurisdictionellen Befugnisse,
welche die Bischöfe als ständige Mitglieder der Grafschaftsgerichte
in älterer Zeit ausübten.

Robin Hood und der Gerber.

S. 117. „Arthur=a=Bland, der Gerber von Nottingham,"
sagt einer der englischen Commentatoren dieser Balladen, „war ein
wilder unstäter Bursche, welcher die Häute mehr liebte, wenn sie
noch warm und rauh auf dem Rücken der Bullen sich befanden,
als in seiner Gerbergrube im Uebergangsstadium, um Sohlen und
Oberleder für die Beschuhung zu werden. Es war damals eine
schlechte Zeit für das Gerbergeschäft; jeder Hausvater gerbte das
Leder für Schuhe und Riemzeug selber mittelst eines Verfahrens,
welches von der Wissenschaft unserer Tage zwar belächelt, doch ein
festes und dauerhaftes Produkt lieferte. So kam es wohl, daß
der ehrenwerthe Arthur mehr an Barnesdale und seinen Vetter
John dachte, als an seine Beschäftigung mit einem unlieblich
duftenden Gemenge von Eichenrinde und Gossenwasser. Mit so
unstätem Gemüth und mit dem Rufe eines Raufbolds wanderte
er in den Wald, gleich gefaßt auf gute und schlimme Abenteuer
und gleich unbekümmert, einem Stück Rothwild oder einem bewaffneten Outlaw zu begegnen." (Gutch II, 182.)

Robin Hood und der Klosterbruder.

S. 124. Die Volksüberlieferung stellt dem frommen und an-
dachteifrigen Robin Hood auch eine Art Haus= und Feldkaplan
in der Person eines Mönches, des Fraters (friar's) Tuck an die
Seite. In W. Scotts Ivanhoe fand dieser gleichfalls seine
charakteristische Stelle. Im Morristanz ist ihm eine der vier
Hauptrollen zugewiesen. Sollte der Klosterbruder dieser Ballade
mit dem Bruder Tuck identisch sein, so müßte letzterer dem Ci-
sterzienserorden, dessen Eigenthum Fountains Abbey war, angehört haben.

S. 129. „Sein linkolngrüner Mantel fliegt.“

Lincoln stand in älterer Zeit in dem Rufe, das beste Grün zu färben. In gleichem Ansehen stand Coventry für Blau; auch Kendalgrün erfreut sich großer Berühmtheit. Jäger und Förster liebten die grüne Farbe, welche sie im Walde davor schützte, vom Wilde zu früh wahrgenommen zu werden. So pflegten die schottischen Hochländer braune Plaids zu tragen, um auf der Haide sich nicht bemerklich zu machen.

Robin Hoods goldner Lohn.

S. 131. „Grüßt mit dem Gröschlein mir die Hand,“ oder wie Dönniges übersetzt: „Mit einem Kreuzer kreuzt meine Hand,“ ein Versuch die Alliteration des Originals: „cross with a groat“ im Deutschen nachzubilden. „Cross my hand with silver“ ist übrigens ein sehr gewöhnlicher Zuruf bettelnden Zigeunervolkes.

Robin Hood rettet der Wittwe drei Söhne.

S. 139. „Und hängt dafür der Sheriff nicht,
So ist viel Glück dabei.“

Im Urtext wird der Sheriff wirklich gehängt. Wenn der Uebersetzer sich hier eine Art Begnadigungsrecht anmaßte, so möge man dieß nicht als eine Ueberschreitung jenes bescheidenen Maßes von Freiheit, welches er für die Behandlung dieses Balladenkreises in Anspruch nehmen mußte, sondern fast als Gebot der Nothwendigkeit ansehen, indem es nicht wohl anging, den Sheriff, welcher schon in der nächsten, wie in den spätern Balladen, ungeschädigten Leibes in sehr entschiedener Weise auftritt, unmittelbar vorher vom Leben zum Tode bringen zu lassen. Diese Aenderung schien um so mehr erlaubt, als eine andere genau denselben Gegenstand und oft mit den gleichen Worten behandelnde Ballade (unter dem Titel: Robin Hood rescuing the three squires from Nottingham gallows) jenen für den Sheriff so verhängnißvollen Schluß nicht hat, sondern einfach mit der Rettung der drei Junker abschließt.

Der in der Ballade mit dem deutschen Worte „Junker" übersetzte Ausdruck Squire, Esquire bezeichnet in der englischen Abelswelt die nächste Rangstufe nach dem Ritter, ursprünglich aber einen Knappen oder Schildträger (Ecuyer, Escudero).

Robin Hood und Allin vom Thal.

S. 146. Allan o' the dale, nach Spenser Hall ein Minstrel und liebenswürdiger Charakter, gleichfalls der Bande Robin Hoods angehörig.

Robin Hood und der Bischof von Hereford.

S. 151. Hereford, die Hauptstadt der gleichnamigen Grafschaft, angeblich auf den Trümmern Ariconiums gebaut, ist eine der ältesten Bischofstädte Englands. Die Domkirche, welche sich über dem Grabe des ostanglischen Königs Ethelbert erhebt, wurde 1055 durch die Normannen zerstört, jedoch im zwölften Jahrhundert wieder neugebaut.

Klein John und die vier Bettler.

S. 155. Es ist nicht unwahrscheinlich, daß Robin Hood und seine Leute, so sehr sie das Glück mitunter begünstigte, doch zeitweise in Mangel geriethen und in allem Ernst bisweilen auf's Betteln sich verlegen mußten. (Ritson.)

S. 156. „Doch Einer der todt gibt Käs' uns und
Brot,
Manch Pennystück wohl auch."

Zur Zeit des Papstthums war es in England Sitte, unter
alle Leute ohne Unterschied, welche sich zum Leichenbegängnisse
eines Nachbars einfanden, Brod und Geld zu vertheilen, und
zwar um sie zu desto andächtigerem Gebete für die Seele des
Verstorbenen zu ermuntern. Und noch jetzt ist es bei den untern
und Mittelklassen des nördlichen Englands Gebrauch, wenn ein
Mitglied der Familie starb, in deren Namen durch den Bäcker
in jedem Hause des Kirchspiels so viel Pennylaibe Brotes und
kleine Rosinenkuchen (plumb-cakes), als Personen den Hausstand
bilden, vertheilen zu lassen. (Ritson nach Peel's Mspt.)

König Richard und Robin Hood.

S. 159. Ein junger finnischer Forscher, Herr C. G. Est-
lander, welcher kürzlich zwei Abhandlungen in schwedischer Sprache:
Richard Lejonhjerta und Folkesångerna om Richard, worin
er die zweite Hälfte des zwölften Jahrhunderts als das Zeitalter
Robin Hoods annimmt, an's Licht gestellt hat, charakterisirt das
von W. Scott im Ivanhoe geschilderte Zusammentreffen König
Richards mit Robin Hood in folgenden Worten, welche auch auf
unsere Volksballade Anwendung finden: „Persönliche Berührung
Beider hat schwerlich stattgefunden, und doch kann eine wahrheit-
gemäßere Veränderung der historischen Wirklichkeit nicht gedacht
werden, als diejenige, welche den Ritterkönig auf dem Thron
und den Freibeuterkönig der Wildniß einander begegnen läßt.
Denn wie unermeßlich auch der Abstand scheinen mag zwischen
dem Beherrscher der mächtigsten Nation des Westens, dessen Wille
Gesetz war für ein blühendes Reich, dessen Fahnen die stolzeste

Ritterschaft folgte, und dem rechtlosen Freibeuter, der mit seinen
Leuten dem Wilde gleich gejagt ward in Sherwoods Wäldern,
so begegnen sich ihre Charaktere doch in zwei wesentlichen Punkten. Beide Männer sind echt romantische Persönlichkeiten, wegen
ihrer Losgebundenheit von den trivialen Verhältnissen des alltäg-
lichen Lebens; beide sind außerdem gleichzeitige Repräsentanten
zweier Völker, welche nach der Schlacht bei Hastings so lange
feindlich neben einander wohnten in demselben Lande. Während
die Normannen mit Begeisterung ihrem Helden folgten auf seiner
weltberühmten Ritterfahrt nach dem heiligen Lande, sieht das
Volk der Angelsachsen mit Gram in Sherwoods Freibeutern die
letzten Kämpfer um seine Selbständigkeit. Der Gegensatz der beiden Persönlichkeiten erweitert sich so zu einem Gegensatze des Charakters, der Lebensbedingungen und sozialen Stellung zweier Völker."
(Vgl. den Aufsatz: „Richard Löwenherz und Robin Hood" in Nr. 23
des Magazins für die Literatur des Auslandes, Jahrg. 1861.)

Robin Hood verläßt den Hof.

S. 166. Diese Ballade ist dem mehrfach genannten „Lyttell
geste" entnommen und findet sich in der 8. Abtheilung (fytte)
des genannten Balladenkranzes.

Robin Hood und Königin Katharine.

S. 172. Es ist hier hervorzuheben, daß bis zur Zeit Heinrichs V. unter den Gemahlinnen der Könige von England keine
einzige mit dem Namen Katharina vorkommt. Heinrich VIII.
jedoch, der eifrige Veranlasser und Theilnehmer der Maifeste, der
selbst einmal in der Maske Robin Hoods die Königin und deren
Damen erschreckte und erlustigte, hatte nicht weniger als drei

Frauen jenes Namens. Es ist daher erklärlich, daß letzterer den späteren Balladendichtern ziemlich geläufig war.

Der Originaltext dieser Ballade, welche je nach den verschiedenen Abdrücken entweder in einem oder auch in zwei Theilen vorliegt, scheint überhaupt an mancherlei Lücken, Wort- und Strophenversetzungen und widersprechenden Lesarten zu leiden, wodurch das Verständniß, namentlich der bei dem Wettschießen beobachteten Ordnung, wesentlich erschwert wird. Wenn nicht etwa eine Strophe, in welcher die Schützen der Königin einmal schießen, vor jener, in welcher die Schützen des Königs zum zweitenmal schießend auftreten, ganz ausgefallen sein sollte, so läßt sich nur annehmen, daß sechs Schützen des Königs und nur drei Schützen der Königin sich gegenüberstanden und letztere nur gewinnen konnten, wenn sie qualitativ ganz gleiche oder bessere Schüsse, als jene, gemacht hatten.

S. 174. „Der König schritt gen Finsbury."

Finsburyfield, ein Grundstück nächst Moorfields in London, berühmt und vielgenannt wegen der Vereinsfeste und Schießübungen der Bogenschützen, deren Hauptschauplatz es in früheren Zeiten war. Zu diesem Zwecke waren die daselbst befindlichen Gärten im Jahre 1498 in einen geeigneten offenen Platz umgestaltet worden. Ausführlicheres über das englische Schützenwesen und dessen Geschichte s. in Strutts Sports and Pastimes of the people of England. London, 1845.

S. 177. „Klein John mit gutem Zirkelschuß,"
im Original: „with a bearing arrow", worunter nach Einigen der Schuß aus einer Armbrust verstanden sein soll. Wahrscheinlicher scheint die Auslegung Strutts (a. a. O.), daß unter jenem Ausdruck ein Pfeilschuß zu verstehen sei, dessen Flug das Segment eines Zirkels beschreibt, also ein Bogen-, Kreis- oder Zirkelschuß.

Robin Hood und der Bettler.

S. 180. Motherwell („Minstrelsy ancient and modern")
und Finlay („Scottish Historical and Romantic Ballads") er-
klären diese Ballade für schottischen Ursprungs. Auch Ritson hält
dafür, daß sie aus Schottland oder doch aus dem Norden Englands entstamme.

Eine ähnliche Geschichte („Comment un moine se déba-
rasse des Voleurs") findet man in „Le moyen de parvenir",
Ausg. 1739.

Robin Hood zur See.

S. 195. Robin Hood's Bay, eine Bucht und ein Fischer-
dorf an der Küste von Yorkshire zwischen Whitby und Scarborough, wurde bereits in der Einleitung erwähnt. Wenn Robin
Hood in Folge Aufsehen erregender Räubereien um seine Sicherheit besorgt ward, verließ er seine gewöhnlichen Aufenthaltsorte
und nordwärts fliehend durch die Moorgründe um Whitby suchte
er die Meeresküste zu erreichen, wo immer irgend ein Fischerfahr-
zeug in Bereitschaft lag, welches ihn in die offene See trug und
allen Verfolgern trotzen ließ. So erzählt ein älterer Schriftsteller
Namens Charlton und diese Tradition mag wohl zu obiger Ballade
Anlaß gegeben haben.

Robin Hoods Tod.

S. 200. „Da brach Robin gen Kirkley auf."

Kirkleys, Kirklees, jetzt Kirkless Park genannt, zwischen
den Städten Wakefield und Huddersfield, auch Kirkleghes, früher
Kuthale, in der Delanei von Pontefract, war ein Nonnen-
kloster des Cisterzienser-, nach Andern des Benedictinerordens,

unter der Regierung Heinrichs II. von Reynerus Flandrensis zu Ehren der Jungfrau Maria und des heil. Jakob gegründet.

Nach dem Lytell geste soll ein Sir Roger of Doncaster, der gegen Robin wegen irgend einer erlittenen Unbill aufgebracht war, die Priorin von Kirkleys (nach Einigen Robins Muhme) zu dem tödtlichen Vorgehen gegen diesen aufgereizt haben. Die Priorin ließ den Leichnam Robin Hoods hart an der Heerstraße, wo er manche seiner Räubereien begangen hatte, begraben, damit die Vorübergehenden nun mit jenem Gefühl von Sicherheit, welches ihnen bei seinen Lebzeiten fremd war, ihren Weg fortsetzen möchten. Die in den Papieren des Dr. Gales, weiland Dechants von York, aufgefundene, wohl apokryphe Grabschrift soll gelautet haben:

„Hear nnderncad dis laitl stean
laiz robert earl of huntingtun
nea arcir ver az hie sae gend
an pipl kauld im Robin Heud
sick utlawz as hi an is men
vil England ulvir si agen.
obiit 24 kal, dekembris, 1247.“

Auf der gegenwärtig als Grabstätte Robin Hoods bezeichneten Stelle befindet sich ein sehr beschädigter Stein mit einem Kreuze und unlesbarer Inschrift. Dieser Grabstein wurde jedoch wahrscheinlich anderswoher an diese Stelle gebracht und bezeichnet wohl die letzte Ruhestätte einer ganz andern Person, vermuthlich der Elisabeth de Staynton, Priorin des Klosters. Ein Stein mit der oben angeführten Inschrift aber befand sich niemals an diesem Orte. Die Nachgrabungen, welche der verstorbene Grundeigenthümer Sir Samuel Armitage daselbst veranlaßt hatte, sollen das Vorhandensein einer Leichenstätte an dieser Stelle durchaus nicht bestätigt haben. (Ritson und Gutch.)

In der Erzählung über Robin Hoods Todesart stimmen Volkslied und Tradition mit den Sitten des 12. Jahrhunderts ganz überein. Wie bereits erwähnt, beschäftigten sich damals in den reichen Klöstern viele der Frauen mit dem Studium der Heilkunde und mit der Verfertigung von Arzneien, welche sie den Armen unentgeltlich ausfolgten. Zudem waren seit der Eroberung die Oberinnen und die meisten Nonnen in den Klöstern Englands von normännischer Abkunft, wovon noch ihre in altfranzösischer Sprache verfaßten Satzungen Zeugniß geben. In diesem Umstande liegt wohl die Erklärung, wie der vom Könige geächtete Sachsenhäuptling in einem Kloster statt der gesuchten Hülfe nur seinen Untergang finden sollte.

www.ingramcontent.com/pod-product-compliance
Lightning Source LLC
Chambersburg PA
CBHW020601030726
47497CB00007B/2035